Contents

田嶋春にはなりたくない

Never wanna be Tajima Haru

第一章　肩を濡らさない相合傘

　忍び笑いに起こされた。女子特有の高音が耳元で響く。隣に座っている女子高生が友達とクスクスしていた。不快に思いながらドアの上の電光掲示板を見る。目的の駅までまだ七つある。もう一眠りしよう。再び目を閉じる。

　深夜二時過ぎまで降り続いた雨のせいで寝不足だ。部屋の窓に激しく打ち付ける音で何度も目を覚ました。通学中に車内で少しでも寝ておきたい。今日の午前中は居眠りできる授業がない。

　でも女子高生たちはいつまでも下品な笑い声を漏らし続ける。耳障り（みみざわり）で眠れない。

「チョー、ウケる」

「なんで気付かないの？」

　誰かのことを笑い物にしているようだ。僕は気になって目を開けた。ほとんどの座席が埋まっていて、立っている人がちらほらいる。

　女子高生の一人がドア付近にいるオバサンを指差している。エメラルドグリーンのマニキュアが塗られた人差し指を辿ってみる。すると、オバサンのお尻に橙色の何かがついていた。なんだ？　僕は眉間に力を入れて凝視する。柿ピーの柿の種だった。

　僕もクスリと顔を歪めた。オバサンの弛んだ体形がずぼらな生活を連想させる。昨夜、ソファで横になってテレビを観ながら柿ピーを頬張って馬鹿笑いしていた。そして翌朝、身支度を整えてからソファに座ったら、落としていた柿の種がお尻にくっついた。そういう映像が誰の頭にも浮かぶようなオバサンだ。

　みっともない大人だ。出かける前に後ろ姿を確認するのは最低限の嗜みだ。僕みたいな二十歳そこそこの大学生だって姿見で二回はチェックしてから家を出ている。

　嘲笑が伝播したのは僕だけではない。二人の女子高生を中心にして忍び笑いが広まっている。オバサンは車内に背を向けて立っているので、周囲から冷ややかな視線を浴びせられていることがわからない。

　電車が駅に着き、ドアが開く。オバサンが降りないことに安堵する。もうしばらく見ていたい。できることならオバサンが柿の種に気付く瞬間に立ち会いたいものだ。でもそんな期待はすぐに萎んでしまった。

　乗ってきた人の中にタージらしき女がいたのだ。彼女のトレードマークと化している細フレームの眼鏡とボーイズライクなサロペットが目に入った瞬間、反射的に顔を伏せる。寝た振りをしつつ薄目で確かめる。やっぱりタージだ！

今日も無垢な微笑みを浮かべている。距離を置いて眺める分には、『可愛らしい子だな』と思える。だが、あの人懐っこい顔の裏には猛獣が隠れている。もうあいつとは金輪際関わりたくない。平穏なキャンパスライフを乱す疫病神だ。

「あっ！」とタージの声が轟く。

見つかったか？　恐る恐る顔を上げる。ところが彼女はあらぬ方に体を向けていた。

柿ピーオバサンのお尻に手を伸ばし、柿の種を摘む。

「わっ！」とオバサンは飛び跳ねる。

振り返り、訝しげな目でタージを睨む。痴漢と勘違いしたのだろう。

「臀部についていましたよ」

そう言ってオバサンの眼前に柿の種を差し出す。一瞬にしてオバサンの顔が厚塗り頬紅よりも赤くなった。

「きゅ、急になんなの？　言いがかりはやめてちょうだい！」

公衆の面前で恥をかかされたオバサンはしらばっくれた。素直に感謝すればそれで済んだのだが、気持ちはわからないでもない。人はみんなの前で失敗を指摘された時に、羞恥心から自己防衛に走りがちだ。だからタージにも非がある。小声でこっそり教えればよかったものを。

だけどタージこと田嶋春には繊細な心の動きなど理解できない。うちのサークルでも前科はいっぱいある。誰かが言い間違えたり、記憶違いの薀蓄を語ったりすると、逐一訂正する。

左右別々の靴下を履いている人を発見した時も『あっ！』と言ってから指摘した。汗臭い人、鼻毛が出ている人、生理の横漏れがジーンズに染み出ている人も、みんながいる前で普通の声の大きさで突っ込む。

注意された人は決まって顔を強張らせ、タージを睨み付ける。当然、彼女は浮いた存在になっている。みんなの嫌われ者だ。サークル内でも外でも友達がいない。

オバサンの怒りはなかなか鎮まらなかった。顔を紅潮させてからもう五駅を通過した。乗客はみんな目を背けながら『やれ！　やれ！　もっと！　もっと！』と無言の声援を送っている。注目が集まれば集まるほど、オバサンは引っ込みがつかなくなるのだろう。

オバサンはタージのお節介を海外でポピュラーなケチャップ詐欺だと言い出した。

「わかった。詐欺なんでしょ。私は見かけに騙されませんからね。そうやってかまととぶって油断させるのが手なのはお見通しなんですから」

「詐欺にあったことがあるんですか！　だからそこまで人を疑うんですね。心中お察しします」

「何を言ってるの？」とオバサンは更に興奮する。「私は警察に行ってもいいのよ」

次の停車駅のアナウンスが流れると、僕はそっと席を立ち、タージたちがいるドアとは別のドアの前で待つ。どうなるか興味はあったが、彼女たちに背中を向けて見ないように努めた。巻き添えはご免だ。

ドアが開き、いの一番にホームに降り立つ。なんとか脱出成功だ。冷や冷やした。タージに助けを求められたら、敵（かな）わなかった。

タージを横目で見てみる。まだ言い合っている。何、やってんだ？　早く降りればいいのに。いつまで付き合っているんだ。授業に遅刻しても知らないぞ。本当に馬鹿だな。

そう嘲（あざけ）って階段へ向かう。

でも発車のチャイムが鳴り始めるや否（いな）や、僕は血迷った行動に出る。引き返し、タージに一直線。ドアが閉まりかける。彼女の腕を摑（つか）んで強引にドアの間から降ろした。

「あっ、おはようございます」とタージはいつもと変わらない調子で挨拶（あいさつ）をする。

大学の構内で擦れ違った時と同じだ。緊張感のない声のまま。僕と腕を組んでいるような格好になっていることもまるで気に留めない。僕は弾みでタージの小ぶりな胸に触れたことを心配している。騒ぎ立てないか戦々恐々だ。

「おはよう」と返してぎこちなく体を離す。「さっさと逃げろよ」

言ってすぐに、『ヤバい！』と悔やむ。これじゃ、車内にいる間は見殺しにしていたことを公言したようなものだ。

「私が逃げなければならない理由はありましたか？　そもそも逃げるのは嫌いなんで

す」と力強く言ったタージは僕の失言に気付いているのかいないのか、よくわからない。

彼女は喜怒哀楽がはっきりしているから、ポーカーフェイスとは掛け離れているのだが、のほほんとした顔付きがタージの手札を読ませない。

「なら、学生証を見せ付けて、『私は逃げも隠れもしませんが、授業に遅れてしまうので今日のところは失礼します』って言えよ」

「あっ、授業があることをうっかり忘れていました」と気がついてから僕の案を称賛する。「センパイ、さすがです！　学生証を見せて私が検事を目指している名門大学の学生であることを伝えていれば、安心して私に相談できましたね」

タージは上級生を誰彼無しに『センパイ』と呼ぶ。複数の上級生がいる場でも『センパイ』としか言わないので、混乱することが多々ある。

「相談って？」

「あのかたは、詐欺被害で悩んでいるみたいでした。微力ながらも何かお手伝いしたかったのですが、私としたことがうっかりしていました」

彼女は常に何かが抜けている。おまえが不注意なのはいつものことだろ、と言いたかった。だけど堪える。

タージはずっと摘んでいた柿の種を僕に向ける。

「食べます？」とあどけない顔で訊く。

「いらない」

悪意はないのだろう。もしかしたら助けられたことに対する彼女なりのお礼なのかもしれない。いやいや、そんなわけない。なんで好意的に捉(とら)えるんだ？

車内で加勢しなかった僕への仕返しで、オバサンのお尻で潰(つぶ)された柿の種を食べさせたいんだ。きっと、そうだ。元々、こいつは僕を嫌っている。僕が八代(やしろ)先輩の犬だから。

八代先輩は僕が所属しているイベント系サークル『N・A・O』の前会長だ。頭の回転が速く、臨機応変に言葉を操る上に先陣を切る行動力も兼ね備えているので、サークルの中心人物だった。ややワンマンではあったけれど、集団を引っ張っていくリーダーには強引さが不可欠だ。

彼の強気な性格は男に頼もしさを求める女子からは需要が高い。端整な顔立ちをしていることも手伝って、小学生の頃から女に不自由していないそうだ。「押しに弱い女を落とすのは朝飯前だ」と豪語していたこともある。

八代先輩にとって女と寝るのは、ネットでエロ画像を検索するのと変わらない行為だ。大したことではないので、力まずに異性と接してスマートに口説ける。決して女子の前ではガツガツした顔を見せない彼にたいていの子はコロッと騙される。頭の弱い子なら簡単に股(また)を開く。

僕は大学に入るまで交際経験のない恋愛ビギナーだった。緊張をひた隠しにして参加したサークルの新歓コンパで、近くの席にいた八代先輩に女の扱い方の手解き(てほど)きを受けた。彼の助言に従って隣の席に座っていた二年の女子に言い寄ったら、その子が初めての恋人になった。

ちょっと気になる程度の好意しかなかったが、急(せ)かされるようにして童貞の括(くく)りから抜けた。そしてなんとなく始まった交際はなんとなく終わった。そんな『とりあえず彩(いろど)りで』と皿に載せているパセリみたいな恋愛を三度経験した。経験したはずなのに、実感が乏しい。

高校時代にやっていた弁当工場のアルバイトと同じだ。ベルトコンベアに載って流れてきたプラスチック容器に自分が担当しているおかずを詰め、次の工程に流していくだけの単純作業。何も考えずにマニュアルに従っていればいい。いや、僕自身がベルトコンベアに載って流されていただけなのかもしれない。

相手のことを本気で好きだったか、と問われたら「嫌いではなかった」としか答えられない。きっと向こうもそうだろう。どうしても寝たかったわけではない。周囲から「奥手だなぁ」と舐(な)められたくなかったのだ。

女子にもいると思うけれど、仲間内では異性と寝ることはアクセサリー感覚だ。当事者間で大切にするものではなく、周囲へ誇示するための道具の一つでしかない。

みんな多かれ少なかれ虚勢を張っている。不必要に格好つけ、無闇に威嚇し、大袈裟に自負し、無理して価値観を擦り合わせる。いつの頃からかそうすることが習慣化した。他人に『弱い』と見なされることにビビッている。

だから内輪で女と寝た数を自慢し合う。「これ、昨日買ったんだ」と時計や靴やLINEのスタンプを見せびらかすのと同じノリで、男の勲章としてひけらかす。

八代先輩に至っては「証拠がないと嘘つき呼ばわりされるから、ベッドインの写真や動画を撮ってる。思い出にもなるしな」と予防線を張った上で、モテぶりを誇示している。

彼が相手の同意を得て撮ったり、寝入っている隙に盗撮したりしたコレクションを僕は見せてもらったことはない。ただ、彼と親しい友人の話では、「可愛い子からブスまで見境がない」「AVみたいなのもあった」「好奇心が旺盛で色んなところで色んなプレイをやっている」「卒業までにコレクション数を百の大台に乗せたいんだって」ということだ。

一ヶ月ほど前の五月末に、サークルの飲み会に八代先輩が顔を出した。就活を早々に終えて暇を持て余していたのだ。現サークルメンバーの中には、『先輩ヅラしに来やがって』と疎ましく思った人も少しはいただろう。でも大半の人は「内定をあっさりゲットできた秘訣を教えてください」と歓迎した。

飲み会の席で、八代先輩は三年生の女子といい雰囲気になっていた。その子はブランド品や流行りモノが好きなので、みんなから陰で『ミーハー』と呼ばれている。おそらく一流企業への就職が決まった八代先輩に色目を使っているのだろう。

お開きになる頃には、ミーハーは酔い潰れてテーブルに突っ伏し、八代先輩が面倒をみていた。でも本当に泥酔しているのか怪しい。酔った振りをして八代先輩と二人きりになろうとしているんじゃ？　下手に『平気？』と心配して介抱に加わったら、ミーハーの恋を邪魔することになるかもしれない。

少なくとも八代先輩には邪な気持ちがある。彼の野望を知っている人は協力するために、知らない人は『さっきまで意気投合していたから、このあとに何が起ころうと当人同士の問題だ』と配慮し、二人を残して二次会のカラオケ店への移動を始めた。

しかし空気を読めない人がいた。タージだ。彼女はみんなと一緒に居酒屋の出入り口へ向かわない。ミーハーに近付き、「酩酊しているんですか？」と気にかけた。

「俺がついているから大丈夫だよ。タージはみんなと楽しんでおいで」

八代先輩は笑顔で彼女をあしらったが、内心では『また、おまえか』と苦々しく思っているはずだ。彼が会長を務めていた頃、度々タージは無茶苦茶な要求を進言して手を焼かせた。彼女のいないところで『タージの子守りは辛いぜ』というようなことをよく愚痴っていた。

　ふと、八代先輩の視線を感じた。近くにいた僕に目配せをしたのだ。僕は即座に彼の意図を察し、「行こうぜ、タージ。いつものアニソンを聴かせてくれよ」と声をかけ、注意を二人から逸らそうとする。

　僕の発言に続いてミーハーが「ちょっと休んでいれば大丈夫だから」と言った。八代先輩に接近するために酔った芝居をしているのなら、彼女はタージを追い払いたいはずだ。本当に悪酔いしていたとしても、嫌われ者のタージからの親切は受けたくないだろう。

「駄目です。容体が急変することもあります。先日、こういう時に備えて消防署で急性アルコール中毒の講習を受けました。私に任せてください。センパイがたでは女子トイレに入って吐かせられないですよね？」

　これぞ余計なお節介、という見本だ。少しは相手の気持ちを推し量れよ。タージがしゃしゃり出て喜んでいる人はいるか？

「隣にいながら深酒を止められなかった俺のせいだ。だから俺が責任を持ってケアする」

「万が一のために私も付き添います」

　タージは一歩も引かない。

「じゃあ、一緒に俺んちに運ぶのを手伝ってくれ」と八代先輩が急に態度を百八十度変える。「俺んち、ここからすぐ近くだから、一旦休ませよう」

どういうつもりだ？　タージがいたらミーハーと男女の仲になれない。

「名案ですね」

「菅野も来てくれないか？　何かあった時に人手が多い方がいいから」

そういうことか。八代先輩が僕に何をさせたいのか理解した。頃合いを見計らってタージを二人から引き離す役を振ったのだ。頭が固いタージと押し問答を続けるよりは、一度協力を求めた方が話は早い。

八代先輩に指名されて僕は頷くほかなかった。逆らってもプラスなことは何もない。むしろ、いい機会だ。就活のために人脈の広い彼に恩を売ってパイプを太くしておきたい。就活は情報やツテが生命線だ。

タクシーで八代先輩が一人暮らしをしているマンションへ行き、ミーハーを彼のベッドに寝かせた。三人で一時間ほどすやすや寝息を立てるミーハーを見守る。

彼女が目覚めると、八代先輩は「近くのコンビニで胃腸薬とスポーツドリンクを買ってきてくれ」と僕に頼んだ。

「タージ。買い物に付き合ってくれないか？」と僕は力まないことを意識しながら誘う。

「嫌です。まだ油断はできません」

「もう大丈夫だろ。顔色も良くなった。な？」と八代先輩は起きたばかりのミーハーに同意を求める。

「は、はい」

言わされたような感じで返事した。

「菅野はタージに大事な話があるんだよ。俺たちに聞かれたくない大事な話が。そうだよな？」

「はい」と僕も言いなりになる。

「今夜話さなければ眠れないような事柄ですか？」

「そう。かなり深刻なことなんだ」

「わかりました。お付き合いします」とタージは了承して介抱を八代先輩に任せる。

「容体が急変したら躊躇わずに救急車を呼んでください」

僕は八代先輩にコンビニへの行き方を訊いてからタージと家を出た。徒歩で十分くらいかかるらしい。一分も歩かないうちにスマホが震えた。八代先輩からのＬＩＮＥだ。

〈一時間は帰ってくるな。道に迷うとか、タージに悩み相談をするとかして引き延ばせ。〉

僕は歩調を緩め、「実は、将来のことで悩んでいるんだ。自分はどの道へ進んだらいいのか。タージなら忌憚のない意見を聞かせてくれそうに思えて」と出任せを言った。

「それではは っきり言わせてもらいます。センパイは……」

「いや、ちょっと」と彼女の言葉を制する。「早いよ。まだ具体的なことは何も話していないじゃないか。俺はどっちに進むか悩んでいるから、まず選択肢について話させてくれ」

業種をいくつか並べ、それらのメリットとデメリットを順々に語っていけば時間を稼げる。罪の意識は限りなくゼロに近かった。恋愛は化かし合いだ。騙される方が間抜け。何があっても自己責任。それがルールだ。

それに、ミーハーだって満更でもない。その気がないなら八代先輩の家に持ち帰られていないし、彼と二人きりになるのを避けた。きっと彼女も見せびらかすアクセサリーを増やすために八代先輩に近付いたのだろう。

「話す必要はありません。なぜなら、センパイは深刻に悩んでいないからです」

「へ？」

「言葉が軽すぎます。その程度の悩みなら自分で解決できるはずです。ですから、私は戻ります」と言ってUターンした。

嘘を見破られた！　なんで？　人の気持ちを全然酌めない子なのに？　僕はどこをしくじった？　でも今は理由探しをしている場合じゃない。

「待て！」とタージの肩を摑んで引き止める。「ごめん。相談したいのは別のことだ」

「なんですか？」

「実は、あの……その……」

「言うか言わないかはっきりしてください」

「タージのことが好きなんだ」

手段を選んでいる余裕はなかった。どんな手を使ってでも八代先輩のために時間を作らなくてはならない。彼女が『私も好きです』と返すことはないだろう。ほぼ百パーセントの確率で断る。

タージに『ごめんなさい』と言われたら、『数分でいいから自己PRをする時間をくれ』と食い下がるつもりだ。仮に『友達からなら』という反応をしたとしても、『少し話をしよう』へ持っていける。

「本気ですか？」とタージは真顔で訊く。

「もちろん」

「嘘ですね」と断定する。

「いや、本当だって」

「本当だとしても軽い気持ちです。センパイの真剣さはまるで伝わってきません。どうしたんですか？　今日のセンパイはおかしいですよ。酔っ払っているんですか？」

「もう酔いは覚めてる」

「でもなんか変なんですよね」と疑って首を傾げる。「言葉は上滑りしているのに、苦悩や葛藤を感じます。何か後ろめたいことがあるんですか？」

ことごとく見透かされ、動悸が激しくなる。普段はぼんやりしているくせになんでわかるんだ？　勘か？　たまたま勘が冴えているだけか？　だとしたら、つくづくタイミングの悪い奴だ。

「あっ！」とタージは唐突に声を張り上げた。

「どうした？」

彼女は僕の問い掛けには答えずに、一目散に駆け出した。猛烈なスピードで八代先輩のマンションへ。ヤバい！　僕たちの魂胆にまで気付いたのか？　慌てて追走する。だけどタージは足が速く、差が縮まらない。どうする？　八代先輩に『タージが向かっています！』と連絡したいけれど、スマホを弄っている暇はない。

待てよ。マンションの共用玄関はオートロックだ。タージは入れない。部屋は四階なのでバルコニーからも侵入できない。だから八代先輩のスマホに連絡するか、インターホンを押すかして、中から開けてもらうのを待たなければならない。僕は安心してスピードを緩めた。急がなくてもマンション前で彼女を捕まえられる。

ところがタージが素早く暗証番号を打ち込んでオートロックを解除した。自動ドアが開く。なんで知っているんだ？　ひょっとして八代先輩と恋仲だったことがあるのか？

いや、さっきミーハーを運び入れる際に、八代先輩の指の動きを横目で見ていたのかも？

タージはマンション内に入り、階段へ向かう。自動ドアが閉まりかける。僕は大急ぎで突っ走り、体を斜めにしてドアの間に滑り込んだ。そして彼女を追う。

僕が四階に到着した時には、「バン！　バン！」とドアを叩き、「センパイ、すぐに開けてください。さもないと、警察を呼びますよ」と八代先輩に呼びかけていた。深夜の住宅街にタージの声が響き渡る。

「やめろ。タージ」と僕は小声で訴え、背後から彼女を取り押さえる。

しかしタージは足でドアを蹴り始めた。「ドガン！」という大きな音が静寂な空気を震わせる。三回目のキックのあとに、慌ただしくドアが開いた。八代先輩が「早く入れ」と声を潜めて手招きする。

彼はパンツ一丁で困り果てた顔をしていた。僕は咄嗟に目を伏せる。顔向けできない。タージは八代先輩の脇をすり抜けてベッドのある部屋へ急行する。八代先輩と僕も続いた。

タージはベッドに歩み寄り、肩までタオルケットを被っているミーハーに「平気ですか？」と訊く。裸なのだろう。きっと衣服をタオルケットの中に隠している。ミーハーはすっかり狼狽していて小さく頷くのが精一杯だった。

彼女の瞳が潤んでいるように見える。嫌々だったのか？　もし拒んだら今後の大学生活や就活で窮屈な目に遭うのでは、とゾッとして八代先輩を受け入れざるを得なかったのかもしれない。

「何をやっているんですか？」とタージは八代先輩に詰め寄る。

「これは男女間の問題だよ。互いに合意の上で行っていることだから、タージには関係ない」

「酔って判断能力が低下していることに乗じて性交渉をするのは、準強制性交等罪に当たります。私は最近授業で教わったばかりですが、センパイがたは知らないんですか？」

　タージは何があっても法律を遵守する。どんなに交通量が少なくても、横断歩道が五メートルもなくても、赤信号を無視して渡らない。飲み会では『まだ十九歳ですから』と言ってお酒を口にしないし、未成年のサークルメンバーの飲酒を許さない。

　ほろ酔いの女を口説いた男が取り締まられるようになったら、世の中の大半の男は犯罪者になってしまうだろう。ちょっとは現実的に物事を考えるべきだ。タージは理想を追求し過ぎる嫌いがある。だから周囲から冷たい目で見られる。

「タージは法律に縛られがちだ。確かに法律は大事だ。でも世の中にはもっと大事なものがある。それは人の心だ」と八代先輩は歯が浮くようなセリフを吐く。「自然に芽生えた愛情に身を委ねることは、人として正しい行いじゃないか？　法律に反しても俺は自分の気持ちに正直でいたいんだ」

　さすが切れ者だ。綺麗事でやり過ごそうとした。いい子ちゃんのタージには『法律よりも人の心が大事だ』が胸に響くはずだ。

「私だって鬼じゃありません。状況によっては酌量減軽しますし、目を瞑ることもあります」

「なら、今回は俺たちの恋を温かい目で見守ってくれ」

　どうにか話がまとまりそうだ。タージが八代先輩に論破されたら『邪魔者は退散した方がいい』と促して彼女を外へ連れ出そう。

「できません。後輩を使って私を部屋から追い出した行為は悪質です。打算を働かせたセンパイが真心のこもった恋をしているはずがありません」

　なんてことを口にするんだ！　僕を密告者みたいに言うな。八代先輩がこっちをちらりと見る。僕は小刻みに首を横に振って、裏切り者じゃないことをアピールする。

「ごめんなさい。私がいけないんです。八代先輩に憧れていたから、つい思わせ振りな態度をとってしまって」とミーハーが八代先輩を擁護する。「誤解を与えるような言動をした私が全部悪いんです。ほとんど私の方から誘ったようなものだから」

「センパイのことが好きなんですか？」とタージはストレートに訊く。

「うん」

肯定したけれど、曖昧なニュアンスが漂っていた。

「じゃ、告白は酔っていない時にしましょう。今はお互いに判断能力が低下していますから」

「うん」とミーハーが聞き入れたことで、この場が収まった。

後日、ミーハーが八代先輩に交際を申し込むことはなかった。彼女は騒動を引き起こした責任を感じて八代先輩を庇い、タージの暴走を食い止めたのだ。タージが「うっかり犯罪者扱いしてごめんなさい」と八代先輩に謝ると、彼は簡単に許した。

僕のことも「ついてなかったな。タージは準強制性交等罪を習った直後だから、ピンときたんだな」と咎めなかった。その気になればいつでも女を抱けるから、ミーハーを取り逃がしたことへの未練はないのだろう。八代先輩に貸しを作ることはできなかったが、『使えない奴だ』と見切りをつけられずに済んだのは幸いだった。

ただ、この一件で最もダメージを被ったのは僕だ。タージに「人の恋を応援したいからといって、好きでもない人に告白して時間を引き延ばそうとするのは最低な行為です。もし私が真に受けていたらどうしていたんですか？　人の気持ちを弄んではいけません」と窘められた。

それ以降、タージと顔を合わせ辛い。僕を下衆な男だと思っているに違いない。彼女にどう思われても気にならないが、僕の浅ましい所業を吹聴(ふいちょう)されたら堪(たま)らない。僕の評判はガタ落ちだ。女子から軽蔑(けいべつ)される。

　今のところは、まだ誰にも話していないみたいだ。タージに友達がいないからか？　それとも切り札のカードとして温存しているのか？　いずれにせよ、僕は蛇に睨まれた蛙(かえる)だ。厄介な奴に弱みを握られている。

　改札を抜けて地下から地上に出た瞬間に、長傘を電車内に置き忘れたことに気付いた。端の席に座れたから、傘の『J』型の手元を手すりに引っかけていた。三十分ほど前に『今日は端が空いてる。ラッキー！』と喜んだ自分が憎らしい。そしてタージのことも。明らかに彼女に気を取られたから傘のことを失念したのだ。

　税込みで三万七千八百円もしたのに。一昨年(おととし)の夏に見栄(みえ)を張るために奮発した。昭和五年創業の傘専門メーカー。シルク百パーセントの生地。紫外線防止加工が施された晴雨兼用。お洒落(しゃれ)なストライプ柄。カーボン製の十六本骨。重厚な科(しな)の木の手元。

　溜息(ためいき)しか出ない。今から電車を追いかけることは不可能だから、帰りに駅員に訊こう。乗客に盗まれずに駅員や清掃員が見つけてくれることを祈るばかりだ。

　タージがトートバッグから真っ赤な折り畳み傘を出し、ワンタッチで差した。

「持ってくれますか？」と傘の手元を僕に握らせようとする。

「いや、いいよ」

相合傘を遠慮した。どう見ても不自然なツーショットになる。少しは周囲の目を気にしろよ。駅前はまだいいとして、大学の近くでは知り合いに目撃される確率がぐんと上がる。僕まで奇人扱いされるのは免れたい。

「平気です。この傘は一見普通の雨具に見えますが、二通りの使い方ができるので安心してください」と得意げに説明した。「もちろん一人で使えば悠々と歩けます。でも二人で使うと窮屈でも仲良くなれるんですよ」

なれるとは限らない。どんな傘であろうとも『相合傘をした二人は親しくなる』という機能はついていない。

「なんか悪いからいいって」

「駄目です。私、知っていますよ。センパイが傘好きだってこと」

「特別、傘が好きってわけじゃないよ」と否定しておく。

大学でたった一人でレンタル傘の活動をしているタージに仲間意識を持たれたら面倒だ。彼女は大学の最寄り駅の鉄道会社にお願いして、一定期間を経て持ち主不明となった傘を提供してもらい、学生にも自宅で余っている傘の寄付を募った。そして手元に自分がデザインしたハート型のシールを貼り、無料で学生へ貸し出すサービスを始めた。

構内の数ヶ所に『ご自由に使用して、晴れた日に戻してください』という貼り紙のある傘立てを設置している。だけど借りる時も返す時も一切手続きをしないので、返さない人が多い。タージに怒られても怖くない、と軽視しているのだ。

返却率が悪くてもタージはめげない。学生に傘の寄付を呼びかけるチラシを配り、構内の掲示板に貼り紙をし、鉄道会社に掛け合って不要傘を集め、補充している。

そんな彼女に対して周囲の反応は冷淡だ。『暇人』『クレイジー』『変わり者』『気色悪い』などなど。好意的な意見を探す方が難しい。みんな変人扱いしている。僕もその一人だ。

「そうなんですか。色々な女の子と相合傘をしているのをよく見かけるので、傘好きなのかと思っていました」

今のは嫌味か？　しれっと僕を『この、女好きが！』と非難したのか？　ミーハーの一件以来、タージは切れ者なんじゃ、と僕は疑っている。

「たまたま俺が傘を持ってて、相手が持ってない時が何回かあっただけだよ」

サークル内ではよくあることだ。天気予報で小さな傘マークがつけば必ず折り畳み傘を携帯している僕は相合傘をする機会が時々ある。でも下心があって常に天気を気にしているのではない。

天気を軽んじることは人生を台無しにすることに繋がるからだ。気温差に体はストレスを感じ、小雨でも打たれれば体温は低下し、風邪を誘発する。紫外線はシミ、そばかす、皮膚がんの原因になる。

僕は病気の予防のために天気予報のチェックを欠かさない。紫外線が強い日はＳＰＦ50のＰＡ＋＋＋＋(フォープラス)の日焼け止めを塗りたくるし、熱中症の危険度が高い日は直射日光を避け、小まめに水分を補給する。

また、天気とファッションは切り離せない。湿気が多い日は癖毛が爆発しないよう念入りに整髪料をつける。雨の日は服や鞄(かばん)や靴を悪くしたくないから、濡(ぬ)れても平気なコーディネートにする。

「今みたいに？」とタージは何気なく訊く。「今は私がたまたま傘を持っているんですよ」

謀(はか)ったのか？　だとしたら、相当の策士だ。有無を言わせない状況に僕を追い込んだ。

「そうだな」

認めるしかなかった。

「それじゃ、行きましょう」

僕は彼女の傘を手にし、体を密着させて歩き出す。

「センパイは初心(うぶ)なんですね？　傘から肩が出ています。気にしないでいいんですよ。私にはちゃんと心に決めた人がいますから」

タージの恋バナなんか興味ない。おおかた、彼女に勝るとも劣らない変人に恋しているのだろう。でなければ、幼少期におままごとで『大人になったら結婚しようね』と誓い合った程度の相手だ。思い込みの激しいタージが一方的に想いを寄せていることは充分にあり得る。

いや、本当にかまととぶっているなら、容姿や肩書きを重視して男を選んでいるのかもしれない。ひょっとしてタージは八代先輩を狙っているんじゃ？　そう考えれば、あの夜の突飛な行動は合点がいく。彼女はミーハーをライバル視していただけか？

タージが天然なのか計算なのか、どちらか判断がつかない。すっかり疑心暗鬼に陥っている。彼女は何事も起こらなかったかのように今までと変わらない接し方をするから、綺麗さっぱりと水に流している可能性がある。

でも腹の底では『人でなし！』と敵愾心を燃やしているおそれもある。僕を油断させておいて、虎視眈々と女心を弄んだ罰を与える機会を窺っているのでは？

警戒して歩いていると、「あれは、河本さんですね？」とタージが人差し指を前方に向ける。三十メートルほど前を河本さんが歩いていた。タージと同じ二年生の素朴な女子だ。地方出身でまだ東京に染まっていないところ、なかなか染まりきれない不器用さに郷愁を覚える。

高校時代の僕だったら、彼女のことが気になって仕方がなかっただろう。河本さんが聴いている音楽や読んでいる本を人づてに聞いてニンマリし、彼女と挨拶を交わすだけで舞い上がったはずだ。

あの頃の僕は告白するどころか話しかける勇気すらなかった。だから恋心を悶々とさせるばかりで、何もアクションを起こせなかったに違いない。だけどそれはそれで楽しかったと思う。

河本さんが手にしている傘の色が彼女のさり気なさを表している。薄い緑色。目立たず、騒がず、ひっそりと存在している。まるで臆病な蕾のようだ。彼女を視界の片隅に捉えるだけで心が和む。

「タージは河本さんと仲いいの？」

「一緒の授業がない曜日もありますが、生協でうまい棒を買うのを日課にしているので、頻繁に顔を合わせています」

河本さんは生協の売店でアルバイトをしている。

「へー」

「好きなんですか？」といきなり核心をついてくる。

やっぱりこのぼけっとした顔は周囲を欺くための仮面か？　それともいつもの脈絡のない発言が偶然的中しただけか？

「地味な女は苦手だ」

河本さんのような華のない女子と交際しても箔がつかない。仲間内から『趣味が悪いな』と弄られるだけだ。一度きりの関係なら『アクセサリーを増やしたかった』で済ませられるけれど、遊び半分ではあの子に手を出すことはできない。

「河本さんは諦めた方がいいですよ」

「だから、違うって」と否定し続ける。「って言うか、彼氏がいるのか?」

浮いた話は耳にしていない。

「だって、傘を持って仲睦まじく歩いているじゃないですか」

河本さんの隣には深井という三十代前半のオッサンがいる。生協の職員で既婚者だ。彼がだらしなく持っている真っ黒の傘からは、邪悪なものしか感じない。

「たまたま駅で一緒になっただけさ」

不謹慎な想像をするなよ。河本さんに失礼だ。体を寄せ合って一つの傘に入っている僕たちの方がずっと親密な関係に見える。でもタージは納得がいかないようで口を尖らせる。

「前にも一度、通学路で二人の姿を見たことがある。並んで歩いているだけでカップルに見えるなら、俺たちはおしどり夫婦になる」

「不純です。心に決めた人がいるんですよ」と鼻息を荒くする。

おいおい。他愛ない比喩だろ。僕には夫婦気取りでタージと相合傘をしている気持ちなど、これっぽっちもない。

「言葉の綾（あや）だよ。俺たちは夫婦じゃないし、河本さんたちだって違う」

「当たり前のことを言わないでください。河本さんたちが夫婦のはずありません」

「いや、カップルじゃないっていう意味で言ったんだ」と取り違えた彼女のために補足する。

「なんでわからないんですか？　だって傘が二本……」

　向きになったタージは声が大きくなる。

「ピザまん、買おうかな。食べる？」と僕は慌てて言葉を被せる。「傘に入れてくれたお礼に奢（おご）るよ。アイスでもいいけど」

「食べます！　食べます！」

　一転して明るい声を出した。現金な奴だ。でも今回だけはその単純さを重宝する。通り過ぎようとしていたコンビニに立ち寄って河本さんたちとの距離を空ける。相合傘をしているところを彼女にだけは目撃されたくない。

　あの調子でタージがエキサイトしていったら、彼女の声に河本さんたちが振り返る可能性があった。仲間内ならいくらでも言い訳できるし、冗談で誤魔化せる。だけど河本さんとは一緒の授業が二つあるものの、特別な接点がないから誤解されたままになってしまう。

　タージにピザまんを買い与えると、「いただきます」と齧（かぶ）り付く。むしゃむしゃとあっという間に平らげた。

「ところで、河本さんのことなんですが、諦めはつきましたか？」

また蒸し返すとは、しつこい奴だ。だからみんなから煙たがられるんだ。

「ああ。ついた」と受け流す。

彼女は深井が妻帯者であることを知らないのかもしれない。そして河本さんが深井を嫌っていることも。


河本さんとは一度だけじっくり話したことがある。去年の忘年会シーズンのことだった。学年の垣根を越えたゼミの親睦会で、端っこの席でビールをチビチビ飲んでいた彼女に話しかけてみた。どことなく寂しそうな気がしたし、心惹かれるものを感じた。

大学生になってからの僕は女子に対して不必要に緊張をすることがなくなった。気軽に声をかけられる。でもそれは借り物の言葉を使うからだ。他人の真似をし、『俺って昔から社交的な男だ』と装うことはそう難しくなかった。

一度なりきってしまえば、それが通常になる。演じているうちに本当の自分との境界線が消える。みんなやっていることだ。程度の差こそあれ誰しも自分を盛っている。そしてみんなそれを自覚しているから、相手の化けの皮を剥がそうとしない。相互不可侵が暗黙のルールになっているのだ。

河本さんは見かけ通り内気で自分の盛り方をまだわかっていない子だった。警戒心が強くて打ち解けるまでに一時間以上かかった。アルコールが回ってくると、彼女の舌も転がりだす。親元を離れて暮らす苦労や、度々ホームシックに陥ることや、訛りが恥ずかしくて積極的に会話できない悩みを零した。

そしてバイト先の不満も。未だに電子マネーに慣れなくてレジでもたついてしまうことから始まり、徐々にディープな話題を口にするようになる。僕たちは顔を近付け、声を潜める。

彼女は生協職員の深井の悪行の数々をこっそり打ち明けた。セクハラすれすれの言動、サボり癖、賞味期限一日前の食品を盗み食いして廃棄扱いにしていること、などなど。

次の日、サークルの仲間と学食でたむろしていたら、居合わせた八代先輩が「なんであの地味な子を持ち帰らなかった？」と訊いてきた。彼も親睦会に参加していて、言うまでもなくロックオンした女子をテイクアウトした。

「重そうな女だったからやめました。あれは間違いなくストーカー予備軍ですよ」

八代先輩を牽制するための話をでっちあげた。彼は重い女には手を出さない。八代グループから多少変な目で見られることになるけれど、これで八代先輩が軽々しく河本さんに近寄ることはない。

「そっか、災難だったな」

八代先輩は同情的な笑みを浮かべる。

「全く」と言って、僕はくたびれた顔を作った。「危ないところでした。話しかけた時から、なんかおかしい気がしたんですよ。危険を察知する嗅覚がビンビンに反応して。でも絡まれて逃げられなくて」

翌週に「あの」と河本さんから声をかけられた。恋の予感に胸が弾んだが、仲間に紹介し難いことを懸念した。彼女は一頻りもじもじしてから切り出した。

「この間のことは忘れてください。酔っていて、尾鰭をつけたことばかり喋っちゃったんです」

素面に戻ったら、よく知りもしない男に愚痴ったことを後悔したのだろう。浮ついたサークルに所属している僕を信用できないのはもっともなことだ。僕が深井の悪行を言い触らし、回り回って彼の耳に入ったら、河本さんはバイトを続け辛くなる。

「逃げずに闘おう」と僕は提案した。

深井を告発するためなら協力を惜しまないことを申し出た。不正行為の証拠を彼に突き付けて河本さんを救いたい。でも彼女は「困ります」と迷惑がった。大事になることを恐れたのか？

「出過ぎた真似をして悪かった」と僕は謝り、口外しないことを誓った。

それ以降、言葉を交わしていない。彼女は僕を避けた。失態を演じたのを恥ずかしがっているのか、秘密を握っている僕が怖いのか、教室では顔を背け、構内で僕と出くわしそうになると踵を返した。

　彼女の意を酌んで僕からも話しかけなかった。生協の売店を使うのもやめた。僕は交際を申し込んだわけではないのに、失恋したような気分をしばらく引き摺った。


　夕方になっても今朝のお天気アナが言っていた通りの空だった。こんな時に限って当たるんだよな、と恨めしい気持ちで空を眺める。それから出入り口脇の『ご自由に使用して、晴れた日に戻してください』の貼り紙のある傘立てを睨む。

　ビニール傘が一本。骨が数本折れていてごみ同然だ。緊急時だから選り好みをするつもりはなかったが、この傘では凌げない。

　強行策しかないか、と覚悟を決めて外へ踏み出そうとした。その瞬間に、頭の上から影が覆い被さってきた。背後から傘を差したタージが現れ、横に並ぶ。

「どうぞ」と傘の手元を僕に向ける。

　呆気にとられた僕は無意識に傘を受け取ってしまう。

「さあ、行きましょう」と彼女は何食わぬ顔をして言う。

「え？　どこへ？」

「まだ授業があるんですか？」

「いや」

　ゼミで提出したレポートがC評価だったから、担当の准（じゅん）教授に指導を受けていて遅くなった。いつもつるんでいる仲間は僕を見捨てて先に帰った。

「私もです。じゃ、駅へ行きましょう」

　タージじゃなければ、僕のことを好きな女子が一緒に帰りたくて待ち伏せしていたんだな、と浮かれられたのだが。

「いや、いいよ。これくらいなら傘がなくても平気だ」と傘を返そうとする。

　朝からずっと代わり映えのしない天気だけれど、登校時よりは体に優しい空模様だ。彼女と相合傘をして心に受けるダメージよりは軽傷なはず。

「やせ我慢は駄目です」

「そういうわけじゃ……」

「私じゃ嫌なんですか？」

　タージに凄（すご）まれて怯（ひる）む。彼女には逆らえない。僕は止（や）む無く、二人で外へ歩みだす。

「なんで、そこまで人を傘に入れたがるんだ？」

「センパイは傘を盗まれたことがありますか？」

「あるよ。何回か」

　同じ回数、盗んだこともあるけど。

「私もあります。とてもとても大切にしていた傘だったんですけど、コンビニの傘立てに入れてから店内を何周もしていたら、いつの間にか無くなっていたんです」

よくある話だ。

「鼻と顎にピアスをした店員さんに訊ねたら『傘は盗まれる方が悪い』と教えてくれました」

正論だ。盗まれる奴が悪い。無くす奴が間抜けなのだ。今日の僕みたいに。傘の奪い合いは人生の縮図のようだ。盗るか、盗られるかの狂騒曲。盗った奴が勝ち組。傘を手にできなかった奴はどんなに吼えても負け犬にしかなれない。

「私、知りませんでした。ほとんどの人がそう思っていたことを」

誰もが盗られた経験、無くしたまま戻ってこなかった経験がある。だから自分も他人の傘を盗って何が悪いんだ。文化的な生き物とは思えないスパイラルが延々と続いている。きっと未来永劫連鎖していくのだろう。モラルなんてお構いなしだ。

「だから、私、嬉しくなったんです」

「は？　何が？」

「だって、凄いことじゃないですか？　人の傘を無断で使用していいってことが人類共通のルールになっているんですよ」

「喜ばしいことじゃないだろ」

意味不明なことに興奮するタージに苛立つ。いつもの生真面目さはどこへ行った？

『どんな物でも窃盗は許せません』って言えよ。こいつのちぐはぐさには人の精神をチクチク刺すような不愉快さがある。

「そうですか？　勝手に自分の傘を使われても、いちいち腹を立てないってことですよ。凄い寛容さです」

「まあ」と少し迷ってから同意する。

タージの解釈は大間違いだ。誰だって盗られたら腹が立つ。ただ、『傘は盗まれる方が悪い』という理不尽なルールを改正する手立てがないから、泣き寝入りするしかないのだ。

「素晴らしいことです。世の中には個人の傘はなくて、どの傘もみんなで自由に使っていいんですよ。なんて優しいルールなんでしょう」

正気で言っているのか？　完全に頭が沸いていやがる。

「でもさ」と反論する。「先にみんなに傘を使われちゃって、渋々コンビニとかで購入する人って皺寄せを食ったことにならないか？」

「どうしてですか？　ボランティアみたいなものですよ。その人が買った傘は、いつかは誰かの手に渡って有効利用されるんですから、誇らしいことじゃないですか。私が無くした傘もたくさんの人の手から手へと渡って活躍していることを想像すると、鼻が高くなります」

やっぱりこいつは天然ちゃんか？　本心からの言葉だとしたら、相当な馬鹿だ。よく、今まで生き残ってきたな。違うな、どうしようもない馬鹿だからこそ、周囲の忠告や妨害などものともせずに唯我独尊で突き進んできたんだ。

「本当はもっと相合傘の習慣が広まればいいんですけどね。そうすれば、雨に濡れる人がいなくなるじゃないですか？　恥ずかしがり屋さんが多いみたいで、なかなか定着しないのが残念です。見ず知らずの人と同じ傘に入るのってそんなに難しいことじゃないのに」

いやいや、難しいって。軒下などで雨宿りしている時に『どうぞ、入ってください』と相合傘を勧めてくる人がいたら、大半の人は怪しむものだ。

だけどタージは「有言実行しています」と主張する。面識のない人を傘に入れてあげて、その人の自宅まで相合傘をして送ったことがあるそうだ。それも一回や二回ではない。にわかには信じ難い奇行だ。

「乗りかかった船ですから」と彼女は言い切った。

個人情報保護の重要性が叫ばれる昨今で、他人に自宅を知られるリスクを考慮できないものか？　それに、こんな奴でも一応乙女だ。口を閉じていれば、可愛い部類に入る。相合傘を進んで申し出たら、勘違いする男もいる。家に連れ込まれて襲われることだってないとは言えない。

タージは危機を察知する能力が高いのか？　僕と八代先輩の悪意を嗅ぎ取った時のように、天性の勘が働いて危ない目に遭わずに済んでいるのかもしれない。でも過信は悲劇の呼び水だ。

彼女は男の下劣な執着心を知らない。世の中には『どこまでも追っかけ、逃がしはしない』という男もいる。いつでも回避できると思っていたら、泣きを見ることになるぞ。その時になって後悔しても、知らないからな。


タージは『乗りかかった船』だから、僕が下校するのを待ち構えていた。家まで送り届けないと気が済まないらしく「ここまででいいよ」「駄目です。家まで送ります」の言い合いを何度も繰り返した。

僕の自宅の最寄り駅では、「そのへんの店で傘を買うから、もういいだろ？」と提案したけれど、「これは私の自己満足なんですから、素直に従ってください。わざわざお金を無駄に使うことはありません」とタージは譲らなかった。

「買えばボランティアになるってさっき言ってた」

「あれはビニール傘に限ったお話です。ビニール傘は消耗品のイメージが強いので、みんなで気軽に使い回せます。センパイはビニール傘を嫌っていますよね？　私、知っているんですよ」

　僕は傘に拘りがある。傘もファッションの一部であるし、実用性の面からもビニール傘は選択肢に入れていない。お金を払うなら生地が布製の傘を選ぶ。だから急な雨に降られた時でも安価なビニール傘で妥協しない。

　それにしても、目ざといな。やっぱり強かな女なのか？　いや、タージも傘への関心が高いから、人が手にしている傘に自然と目が向くのだろう。

「ですから、ビニール傘を買わないセンパイはボランティアに貢献することはできないのです。きっと無くした傘はどなたかが一時的に使ってから届け出てくれますよ」

　電車に乗る前に、駅員に訊ねたら、『そのような傘はどこの駅にも届けられていません』と返ってきた。盗られた可能性が高いが、簡単には諦めきれないからしばらくはタージの言葉を信じて待とう。

「タージが盗まれた『大切にしていた傘』ってビニール傘だったのか？」

「はい」

「その傘に何か思い入れでもあったのか？」

「お恥ずかしい話なんですが、私って貧乏性なので、五千円以上する傘だったから惜しかったんですよ」

「五千円！」と目の玉が飛び出るような衝撃価格に声が飛び跳ねた。「ビニール傘なんだろ？　なんで、そんなに高い？」

「徳川幕府御用達のビニール傘なんです」

ああ、と思い出した。雨の日に政治家が演説中に差しているビニール傘がバカ高いって話を聞いたことがあった。特殊なビニールが使われているそうだ。

あれが五千円以上もするのか。特別仕様と言ってもビニール傘に過ぎない、と軽んじていたから価格に驚いた。正にＶＩＰ御用達の傘だ。

ただ、本当にタージはうっかり者だ。江戸時代にビニール傘があるはずがない。おそらく『徳川幕府御用達だった老舗の傘メーカーが作ったビニール傘なんです』と言いたかったのだろう。

僕が住んでいるワンルームマンションの前に着くと、タージが「では、私はこれで」と言って大きくお辞儀する。

「助かったよ。少しうちで涼んでいくか？」と勧めたけれどすぐに取り消す。「あっ、いや、なんでもない」

他意はなかった。蒸し暑い中わざわざ駅から十五分も歩いて送ってくれたから、冷たい飲み物でも振る舞うのが礼儀だと思い、深く考えずに発言してしまった。でも僕なんかが部屋へ誘ったら、如何わしい行為を警戒されないわけがない。

「ごめん。変な意味で……」

「それでは、お言葉に甘えさせていただきます」

タージの即決に戸惑いながらも、マンション内へ招き入れた。玄関を開けた途端に、彼女が「あっ、これは！」と傘立てに入っている傘に目を留める。手元にハート型のシールが貼ってある傘があったのだ。

「ついつい返しそびれて……」と言葉が窮屈になる。

一年ほど前、思わぬ夕立にあい、やむにやまれぬ事情でレンタル傘を手に取った。バイトの時間が迫っていたから、雨が上がるまで待っていられなかった。

「ちゃんと役立っているんですね」と嬉々(きき)として声を弾ませる。

なんで僕を咎めないんだろう？　思えば、タージが配っているチラシは、不要になった傘の寄付をお願いしているだけだ。『使ったら返して！』とは訴えていない。この子は人を憎んだりしないのか？

僕が冷蔵庫から烏龍(ウーロン)茶のペットボトルを出してグラスに注いでいる間、彼女は窓辺のソファに座って寛(くつろ)いでいた。

「お茶しかないけど」と僕はグラスを手渡そうと腕を伸ばす。

「いらないです」

そりゃ、そうだ。ミーハーの一件を踏まえれば、怪しげな薬が入っているかも、と用心して当然だ。僕の信用など地に落ちている。そう思っていたら「ホットココアはありますか？」と厚かましく要求してきた。

先に言えよ。そう言い返したくなったけれど、僕はグラスを持った手を引っ込めた。タージのために用意したお茶に口を付けて、気持ちを落ち着かせる。きっと悪意はないんだ。馬鹿正直なだけ。僕の弱みを握っているからって踏ん反り返っているわけじゃない。

今日、彼女にお節介を焼かれてわかったことがある。こいつは悪い奴ではない。僕に意地悪をしたくて付き纏っているとは考え難い。親切以外に僕を家まで送る理由が見つからない。

「ホットチョコレートでいいなら、作れるけど」と僕は頭を切り替えた。

「じゃ、それでいいです」

タージの物言いをぐっと堪えて聞き流し、冷蔵庫から牛乳を出して片手鍋で温める。その間に板チョコを包丁で刻む。泡立て器がないからできるだけ細かく切る。温まった牛乳に刻んだチョコを入れて菜箸で掻き混ぜる。溶けきったらマグカップに注いで出来上がり。

「熱いから気をつけて」とタージに手渡す。

「ありがとうございます」

フーフーとホットチョコレートの表面に息を吹きかけると、眼鏡のレンズが曇った。だけど彼女は全く気にせずにおちょぼ口で一口飲む。

「美味しいです！」と両頰をツヤツヤさせて歓喜する。

「なあ、タージ」

「なんでしょう？」

「タージの目には俺がどう映っているんだ？」

「センパイはセンパイです」

当たり前のことを訊かないでください、と言いたげな顔をしている。

「そうじゃなくてさ、ほら、俺には前科があるだろ？　八代先輩の家に行った時にやらかしているだろ？　なのに、なんで俺のことを怖がったり、蔑んだりしないんだ？」

「そのことに関してセンパイはもう謝ったじゃないですか」

「だけど、俺は最低なことをしたから」

「罪を憎んで人を憎まずって言葉を知らないんですか？」

「一応は知っている」

その知識はある。でも心では理解していない。ポジティブシンキングで簡単に人への憎しみがなくなるなら、争い事は起こらない。

「私、授業でたくさんの判例を勉強しました。仲間意識は犯罪の温床です。人間が二人集まれば、同調圧力が働きます。自分がしたくなくても仲間がするから、自分もしょうがなく加わる。本当はみんな嫌々なのに、集団心理に因って犯罪に加担してしまうことがあります」

そう言ってまた一口だけ飲んだ。

「特に男の子って背伸びしたがるから、みんなの前で『できない』って言えないんですよね？　センパイは格好がつかなかったから、自分を守りたくてああいうことをしただけです。全部が全部センパイが悪いのではありません」

なんて甘い奴なんだ。大甘だ。どう考えても僕が悪いだろ。格好つけようとして、八代先輩に気に入られようとして、ただそれだけの理由でミーハーを生贄に捧げた。

「それでも怖がれよ。少しは軽蔑しろよ」

タージは無垢な顔を斜めに傾ける。

「男の部屋に上がったら、襲われることを警戒するもんだろ？　なんでリラックスして美味しそうにホットチョコレートを飲んでいるんだ？」

「襲いたいんですか？」と目を丸くして驚く。

「そんな気はないよ。でもさ、普通なら『変なことをするのが目的で家に連れ込んだんじゃ？』って怪しむところだ」

「私はセンパイのこと、よく知っているんです。今朝、乗り過ごしそうになった私を電車から降ろしてくれました。相合傘をしている間はずっと、私の肩幅と歩幅を気にかけていました。マグカップを渡す時に、私が受け取り易いようにと自分は取っ手を持たないで我慢していました。本当は熱かったんですよね？　顔が険しかったですから」

図星だ。思っていたよりも熱かったから、タージに『気をつけて』と言ったのだ。

「あっ、あと登校時には水溜まりにも配慮してくれました」

昨日丸一日降り続いた雨で道の所々に水溜まりができていた。僕は悪路を見越して完全防水のショートブーツを履いていたが、彼女は何も考慮していなかった。レザーサンダルだった。だからタージに歩き易いコースを譲り、僕が率先して水溜まりに入ったまでだ。

「そんな心優しいセンパイが単独で悪いことをするはずはありません。センパイが私を気遣って『涼んでいくか？』と勧めたことくらい、きちんと知っています。しかも、センパイが嘘をつくことを不得意にしていることも知っていますから」

言葉に詰まった。ここ数年でこんなにまで人から信頼されたことがあったか？

「月曜にはレンタル傘を返すよ」と絞り出すのがやっとだった。

週明けの月曜、今朝は河本さんと登校することになった。駅を出てすぐに後ろから「菅野さん、おはようございます」と挨拶された。

てしまう。

「おはよう」とどうにか返したものの、思ってもみない展開にしばし思考がフリーズし
心臓が高鳴り、淡い期待を抱く。河本さんは僕が手にしているレンタル傘の手元をちらっと見てから、「この前の金曜、田嶋さんと一緒に帰ったそうですね。田嶋さんが菅野さんのことを『センパイは凄く初心なんですよ。肩が触れ合う度に、傘から飛び出さんばかりに体を離すんです』って言っていました」とタージのことを話題にする。

河本さんとタージは土曜に授業を入れているけれど、単位に余裕がある僕はオフ日にしている。きっと土曜に二人は軽い立ち話でもしたのだろう。

「ついてなかったよ」と僕は慎重に言葉を選ぶ。

タージがどこまで話しているかわからないうちは、ペラペラ喋れない。女子を家に連れ込む軽薄な男だと思われたくない。

「私はずっと地下にいたから気付かなかったんですけど、雨が降っていたんですね。バイトが終わって地上に出た時にはやんでいました」

生協の売店は地下一階にあって地上の様子がわからないから、長居して地上に戻るとちょっとした『浦島太郎』状態になる。うちの生協の『あるあるネタ』の一つだ。河本さんにとって、『バイトが終わったら雨が降っていた』や『バイト中に夕立があったみたいだけれど気がつかなかった』などは日常茶飯事だ。

「私も田嶋さんと相合傘をしたことがあります。バイトが終わって帰ろうとしたら、土砂降りだったんです。生協で傘を買おうと階段を下りかけたところを『どうぞ、私の傘に入ってください』って声をかけてくれました」

「その時にどんな話をしたの？」

話題を相合傘から遠ざけようと試みる。

「私には難しい話でした」と言いながら複雑そうな表情を見せる。

やっぱり河本さんとタージはさほど親しくないらしい。毎日生協で買い物をしていても、タージは客の一人としか認識されていない。

以前よりも河本さんは訛りが抜けていて、寂しい気持ちになった。久し振りだから差異がはっきりわかる。僕と河本さんもその程度の仲なのだ。

「タージにも好きな人がいるみたいなんだけど、河本さんは知ってる？」

僕とタージがただの先輩後輩の関係であることをそれとなく伝える。

「この間の土曜に、田嶋さんから『心に決めている人がいます。いつかその人と相合傘をしたいです』って聞きましたが、詳しいことは教えてくれませんでした」

どうやらタージは気を遣ったようだ。僕とタージが相合傘をしたことで良からぬ噂が立つ前に、河本さんに事情を説明して『ほかに好きな人がいる』を強調した。

「田嶋さんは親切な人ですよね。恋心とか見返りとか関係なく、傘がなくて困っている人に優しくできるなんて。私には真似できません」

「まあ」

「本当に立派です。レンタル傘の活動もしていますし。みんな田嶋さんの誠実さを見習うべきです。そうすればレンタル傘の返却率が上がるのに」

「そうだね」

「みんながちゃんと返していないから、菅野さんと田嶋さんが一本の傘に身を寄せ合わなければならなかったんです。相合傘ってどうしても外側の肩が濡れてしまいますよね？」

「あ、ああ……うん」

「でも一本だけでもレンタル傘があってよかったですね。みんなのために傘を集めている田嶋さんが雨に濡れるなんて、理不尽すぎますから」

　タージの説明は不充分だったと思われる。相合傘をすることになった経緯が河本さんに正確には伝わっていない。齟齬が生じている。彼女は僕がレンタル傘を持っているから、『その傘で金曜に田嶋さんと相合傘をした』と思い込んだ。

　だけど僕には訂正できない。レンタル傘を返さない人を非難したばかりの河本さんに『これは一年前に借りてずっと返しそびれていた傘なんだ』と言うのは気まずい。その上、タージとの相合傘の経緯がややこしい。僕まで変人だと思われかねない。

河本さんの思い違いを解いても、手段や過程が違うだけで結果は一緒なのだから、墓穴を掘るおそれがある。下手なことを言ったら、タージを家に入れたことまで露見するかもしれない。

「そうだね」と僕は話を合わせる。

「あの、田嶋さんから聞いています？」

「何を？」

河本さんは少し言い淀む。

「えーとですね、深井さんからレンタル傘の活動をやめてくれって迫られていることです」

聞いてない。

「そりゃ、横暴だろ！」と思わず興奮してしまった。

深井はレンタル傘を人知れず盗んでどこかに隠している。生協のビニール傘の売り上げを伸ばすためだ。『毎日、一本ずつ盗んでいるセコい男なんです』と河本さんがゼミの親睦会で愚痴っていた。深井にとってタージのリサイクル活動は営業妨害なのだ。

「近頃は、盗んでいないようです。後悔したのか、盗った傘は全部傘立てに戻したんです」

「それでも前科は前科だ。自分のしたことを棚に上げていることに変わりはない」

「深井さんは『傘の返却率が悪いと、この学校の品位が下がる。訪問者からモラルの欠けた学生ばかりの大学だと見られる。ツイッターで騒がれたら就活で不利になる』ということを建前にして撤去を求めています」

痛いところを突く。さすが大人だ。本音と建前を巧妙に使い分ける。

「河本さん、僕と……」とつい『俺』を使い忘れたけれど、言い直すのはもっと格好悪いからそのまま続けることにした。「一緒に深井を告発しないか？」

「そう言う気がしていました。私に交渉させてくれませんか？　深井さんの性格から考えると、みんなでよってたかって断罪したら、素直に引き下がり難くなると思うんです」

特に僕のような若造にやり込められたら、悔しくって堪らないだろう。いくつになっても男は女の前で恥をかきたくないものだ。ちっぽけなプライドから交渉が決裂する可能性がある。

「わかった」

「では、あのビデオカメラを貸してくれませんか？　証拠として提示したいので」

「明日、持ってくるよ」と僕は約束した。

ゼミの親睦会で深井の悪行を聞かされた僕は、翌日から成敗に乗り出した。遅くまで大学に残って深井を見張る。そして彼が四日連続でレンタル傘を盗むところをビデオカメラに収めた。

　河本さんを助けたい。セクハラで悩んでいたから、窃盗の証拠を突き付けて脅し、迷惑行為をやめさせるつもりだった。しかし河本さんは「困ります」と僕を迷惑がった。

「私が少し我慢すればいいだけです。そういうことをされると、働き辛くなってしまいます。私が誤解していたんです。セクハラなんてありませんでした」

　僕の独りよがりだったのだ。ヒーロー気取りで自分に酔っていた。分不相応なことをしようとしていたのだから、当然の帰結だ。僕なんかが何かを成し遂げられるわけがない。犯行の瞬間をしっかり捉えるために、わざわざビデオカメラを購入した僕はとんだお調子者だ。

　八代先輩の真似をしていればよかった。彼の服の趣味に合わせ、髪型をころころ変えてお洒落ぶり、男でもスキンケアを怠らず、彼と同じ音楽を聴き、女に不自由していない風を装い、無理に自分を『俺』と言い、自分たちのグループに入れない奴らを小馬鹿にする。それが僕にはお似合いなんだ。

　火曜日、二限目と三限目の間の昼休みに河本さんと密会して、ビデオカメラを渡した。彼女が「交渉の結果をお伝えしたいので、連絡先を教えてください」と頼んだので、僕は喜んで教えた。そして夜遅くに彼女からメールが届く。

〈交渉はうまくいきました。田嶋さんのレンタル傘は存続です。その代わりに深井さんはビデオカメラの動画の削除を求めたので、止むを得ずその条件を呑みました。ですから、動画のコピーがあるなら、明日持ってきてくれませんか？〉

〈別のメモリーカードにコピーしてあるし、パソコンにも保存してあるけど、信頼して大丈夫なのか？〉と返信する。

〈はい。任せてください。深井さんは心から反省しています。根っからの悪人なら『自由に使っていいんだから、毎日傘を借りて何がいけなかったんだ？　それに、全て返却している』と開き直ることもできますよね？　本当に反省しているんです。拗れないうちに穏便に解決しましょう。〉

〈了解。明日、コピーしたメモリーカードを持っていく。今日と同じ時間と場所でいい？〉

〈はい。平気です。では、パソコンに保存している動画の削除をお願いします。人と人との繋がりは信頼が大事ですよね？　信頼し合いましょう。私を信じてください。私も菅野さんのことを信じていますから。〉

　僕はパソコンを立ち上げ、深井の動画を迷った末に削除した。背中を押したのはタージだ。『自分が信頼しないうちは、相手から信頼されないに決まっています』と彼女なら言うだろうな。そう苦笑しながらクリックしたのだった。

水曜日、校舎の一号館と三号館の間にある古ぼけたベンチで河本さんと落ち合う。人通りがまばらで寂れた場所なので、密会に適している。できる限りサークル仲間の目に触れたくなかった。

河本さんから返されたビデオカメラからSDHCメモリーカードを抜き取り、持ってきたメモリーカードを差し込んだ。そしてタッチパネルを操作し、深井の動画を削除した。

「これでもう残っていないんですよね？」

「ああ」

「本当ですか？」

やけにしつこく確認するな、と違和感を抱きつつも「俺を信頼してくれ」と少しだけ格好つけて言った。

「わかりました」

彼女は肩の荷が下りたように吐息を漏らした。

「これで一件落着だな」

「ごめんなさい」と突然頭を物凄い勢いで下げる。

「河本さんが謝ることはないよ。全部、深井が悪いんだ。その深井も改心したんなら、もう恨みっこなしだ」

「ごめんなさい」

「いいって。もう終わったことだ」

「ごめんなさい」

頭を下げたまま繰り返す。

「だから、もう……」と言いかけている途中で、背中に悪寒(おかん)が走った。「もしかして、深井サイドなのか？」

「ごめんなさい」と謝罪の言葉で認める。

一昨日(おととい)は偶然を装って声をかけてきたのか？　駅で待ち伏せしていたんだ。先週の金曜に僕とタージが急接近したことに河本さんは気を揉(も)んだ。レンタル傘の廃止を深井に迫られているタージが僕に泣き付いたら、マズいことになるかもしれない、と。

僕がタージに肩入れし、窃盗の動画を盾に取って深井を糾弾することを懸念した。なんとしてでも阻止せねば、と河本さんは焦(あせ)って僕に接触してきた。あるいは深井の差し金かもしれないが、完全な早とちりだった。タージはそんなことを僕に一言も相談していない。どいつもこいつもうっかりしていやがる。

でも一番間が抜けているのは僕だ。まんまと騙された。秘めた恋心に現(うつつ)を抜かし、勝手に『タージに償いをするのは今だ！』と意気込み、善人ぶって人を信頼しようとした。どうしようもない間抜けだ。柄にもないことをするから、こんな目に遭うんだ。

だけどなんでなんだ？　どうして彼女は深井なんかの味方をするんだ？　彼が窮地に陥ったとしても、なんの不都合があるんだ？　不機嫌になると、八つ当たりでもされるのか？

僕は河本さんの両肩を摑んで「なんで？　なんで騙したんだ？」と問い詰めた。でも彼女は顔を上げない。

「困るんです」とか細い声を出す。「深井さんが困ると、私も困るんです」

頭がくらくらする。地面と空がぐるぐると回っている。

「だから、なんで？　なんか深井に脅されていることがあるのか？」と河本さんの体を揺する。

彼女は答えようとしない。傍（はた）からは、僕の方が河本さんを脅しているように見えるだろう。だけど他人の目なんて気にしていられるか！　僕はほとんど半狂乱で「なんでなんだ？」と尋問に等しい訊き方で追及した。

「痴話喧嘩（ちわげんか）ですか？」という緊張感のない声が僕と河本さんの間に割って入る。

タージだった。

「センパイ、駄目ですよ。女の子を泣かしちゃ」

「いや……これは……」としどろもどろになる。

おまえのことで揉めてんだよ。悠長にしている場合じゃないんだ。

「良いところにいました。河本さん」とタージは話しかける。

「はい」とビクビクしながら顔をゆっくり上げる。

瞳にはうっすらと涙が浮かんでいた。

「この間はすみませんでした。せっかく傘を寄付しようと持ってきてくれたのに、受け取りに行くのをど忘れしてしまいました」

「はい？」と要領を得ない顔をする。

「私、知っているんです。うーんとですね」とタージは右手の親指から折って数える。

親指。人差し指。中指。薬指。小指。

「五日前の金曜日のことです。傘を持って登校していたじゃないですか？　実は、私とセンパイは後ろから見ていたんですよ」

僕もはっきり記憶している。河本さんは薄緑色の傘を手にして歩いていた。

「そう……でしたっけ？」と不安げな言い方をする。

「センパイの前だからって恥ずかしがらないでいいんですよ。ボランティア精神は清らかな心の働きですから、謙遜（けんそん）しないでください」

「いいえ、寄付するつもりなんて」と頭を振って否定する。

タージは勘違いをしている。ビニール傘ならともかく、布地の傘はよほど使い込んでいない限り寄付しない。レンタル傘にはあまり傷(いた)んでいない布地の傘もあったが、それは鉄道会社が提供したものだろう。

「隠さないでいいんですよ。センパイは良い行いをしている人を偽善者呼ばわりするような人じゃないんです。ね？」と僕に向けて首を斜めにして同意を求める。

「まあ」

「本当に違うんです」と河本さんは再度否定する。

「えー！」とオーバーアクションで驚いた。「変ですね。なんで傘を持っていたんですか？　前日は雨だったけど、あの日の東京の降水確率はゼロでしたよ」

河本さんの顔が硬直した。口元が微(かす)かに震えている。何かを言おうとしているみたいだが、言葉にならない。

「そうでした」とタージに何かが閃(ひらめ)く。「掲示板に私の電話番号が書いてあります。内密に寄付したいんでしたら、今度からは電話してください。すぐに駆け付けますから」

タージはスマホの番号を平然と貼り紙やチラシに載せている。個人情報の流出に全くの不用心なのだ。

「そうそう。深井さんにもそう伝えてくれませんか？　同じ日に深井さんも傘を持っていましたよね？」

　そうだ。彼も手にしていた。黒い傘をだらしなく杖みたいに突いて歩いていた。確かに、なんで二人とも傘を持っていたんだ？　少しの間、考えを巡らせる。

　そういうことか、と僕は脱力する。自分の鈍感さに笑うしかなかった。前日の雨。二本の傘。朝のツーショット。当日の晴天。それらが導く答えは一つしかない。お泊まりだ。

「あの日は雨が降りそうな気がしたんです。予感がしたんです。それで天気予報を無視して傘を持って……」

　苦しい言い分に河本さんの声が縮こまっていく。もしもの時に備えるなら折り畳み傘にするはずだ。不倫関係になって長いのかもしれない。どう考えても、一ヶ月やそこらで生じた秘め事ではない。すっかり警戒心が緩んでいて、傘のことを見落とした。

　前日と違う服を着てこそこそせずに堂々と歩いていれば不倫を疑われない、と気を抜いていたのだろう。もう幾度となくお泊まりをしているのだ。

「そうなんですか！」とタージは目を爛々とさせて感嘆する。「凄いですね！　お二人揃ってピーンとくるなんて！」

「でも、でもちゃんと降ったじゃないですか！」

　思い出したかのように早口で言った。

「河本さん、降ってないんだ」と僕は見かねてそっと引導を渡す。

よね？」

「降りましたよ。『二人で相合傘をして帰った』って田嶋さんが言っていました。です
彼女はタージを縋るような目で見る。

「はい。先週の金曜はセンパイと仲良く帰りました」

「ほら」と勢い付き、声のトーンが上向く。「経験的に天候が読めるようになるものですよ。天気予報に関係なくピンとくることがあるんです」

「僕たちが相合傘をしたのは、タージの日傘なんだよ」

「日傘って？」

河本さんは表情を失う。普通なら不自然な光景を思い浮かべて笑みを零すところだ。男のくせに日焼けを気にしやがって、と嘲笑ってもいい。だけど今の河本さんには困難な行為だ。どんな笑い方もできない。

彼女は土曜にタージから『金曜に菅野センパイと相合傘をして帰った』とだけ聞いていた。そして月曜に待ち伏せた際に僕が手にしていたレンタル傘を見て、『菅野さんと田嶋さんは夕立にあい、レンタル傘で相合傘をして帰った』と思い込んだ。

年に数回、『ゲリラ豪雨』と呼ばれる突発的で局地的な大雨のニュースを見聞きする。晴天からの豪雨はさほど珍しくない。『またか』くらいの感覚だ。そのことも彼女が思い違いをした一因になっているのだろう。

「日傘じゃないですよ」とタージが細かいことを気にする。「あれは晴雨兼用の傘です」

「そうだったな。晴雨兼用だ」

「二通りの使い方ができる優れものなんです」

「河本さんたちの傘は雨専用だったでしょ？」と僕は訊いたけれど、彼女は答えない。

真っ暗な瞳を足元に落としている。

「あの日は朝から晩まで僕たちの頭には一滴も雨は降ってこなかった。雨傘は必要のない日だったんだ」

前日からの雨は丑三つ時にやみ、日中はずっと快晴だった。

「嘘よ！」と声を荒らげたけれど、動揺しているせいか弱々しく聞こえた。

「バイトが終わって地上に出た時に、地面は濡れていた？」

「それは……」と河本さんは記憶を探る。「濡れていなかったけど……。でもあの日は日差しが強かったから、夕立がやんでからもまだ強くて、それですぐに乾いたんですよ」

「そんな日差しの強い日だからタージの傘に入れてもらったんだ」

男でもスキンケアをしないと年を取ってから後悔する。八代先輩の言葉だ。サークル内では、彼を真似て日傘を愛用している男は少なくない。周囲から気味悪がられることもあるけれど、『あとになって吠え面をかくのはそっちだ』と仲間内で先見の明のない奴らを見下していた。

　初めは僕も抵抗があった。日焼け止めで充分だと思っていた。でも八代先輩たちと円滑な関係を築くために、紫外線の強い季節に日傘を差すようになった。日傘もファッションやトレンドと同じで、仲間意識を確認する踏み絵の一つだ。

「嘘よ！」と河本さんは喚く。

　彼女にはもう言い返す言葉がないのだろう。可哀想に。僕のことを避け、視界に入れないようにしていたから、僕が日傘愛用者であることを知らなかったのだ。

「金曜の天気を調べればすぐにわかることだ」

　河本さんは何も言わずに駆け出した。

「お腹でも痛くなったんでしょうか？」とタージは惚けた顔をして彼女の背中を見つめる。

　こいつはどこまで知っていたんだ？　河本さんと深井の傘を見た瞬間から、二人の不純な関係を察していたのか？　だから僕に『河本さんは諦めた方がいいですよ』と助言した？

　女って怖い生き物だ。平気で嘘をつくし、素知らぬ顔で天然ちゃんを押し通す。今、僕は完全に女性不信に陥っている。だけど晴れやかなものを感じているのはなんでだ？　手痛い失恋をして感覚がおかしくなっているのかもしれない。

まさか深井みたいなオッサンに掻っ攫われるとは、ダブルショックだ。親睦会で彼のことを散々愚痴っていたのはなんだったんだ？　親身になって頷いていた僕はとんだピエロだ。

でも最初の印象が悪い方がハードルは下がり、相手のささやかな美点がキラキラして見えることがある。深井にだってどこかしら良いところがあると思う。僕も今ではタージが眩しく感じるから、河本さんが彼に惚れる気持ちを理解できないこともない。

兎にも角にも、これでレンタル傘は撤去されないで済む。河本さんは『田嶋さんに不倫がバレた！』と深井に伝えるはずだ。彼はタージの顔色を窺わずにはいられなくなるだろう。

「あっ！　ビデオカメラじゃないですか！　撮ってくれます？　新しいダンスを思い付いたばかりなんです」

タージは定期的に変なダンスをみんなの前で披露する。リズム感のなさに誰もが乾いた笑みを浮かべる。そんな反応などお構いなしに創作ダンスを更新し続けている。

「たっぷり撮ってやるから、その前に一つ訊いていいか？」

「なんでしょう？」

「タージは人に裏切られたらどうするんだ？」

「どうもしません」とあっさり答える。

「どうもって?」

「だって人は人、自分は自分じゃないですか? 私は裏切りません。それだけですよ」

僕の頬は緩やかに崩れる。そう。それだけでよかったんだ。僕は僕だ。無理に『俺』になる必要なんてなかった。自分の傘が盗られたからって、人の物を盗っていい道理なんてない。自分だけが貧乏くじを引いたとしても、自分が人の傘を盗らなければ、負の連鎖は断ち切れる。

「もういいですか?」とせっかちに訊きながら屈伸する。

すでに踊る気満々だ。僕はビデオカメラのレンズキャップを外して構える。

「ちょっと待って」

撮影モードを『スポーツ』に切り替えようとするが、使い込んでいないからもたもたする。

「早く、早く」とタージは急かす。

何やってんだろ、僕は? 彼女の言いなりになって撮影すれば、僕も変人の仲間入りだ。サークル仲間に目撃されたら顰蹙(ひんしゅく)を買うだろう。八代先輩から『キモッ!』と絶縁されるかもしれない。だけど、それがどうした? 今の僕はタージのダンスが見たい。新しい変なダンスをビデオカメラに収めたいんだ。

きっと僕は後々になって『なんで、あの時はアホなことをしたんだ? これまで確保し続けてきた俺のポジションが……』と歯ぎしりをするだろう。でもそれは仕方ないことなのだ。それが僕だ。タージとは違う。そして八代先輩とも違う。

「いいよ、踊っても」

言い終わらないうちから、タージは楽しげにステップを踏み始めていた。

第二章　自作自演のミルフィーユ

「せっかくなんだから、ファミレスじゃなくてもよかったんじゃないか？　明日は非番だったよな？」と俺はメニュー表を眺めながら言う。

妻が『ここにしよう』と選んだのだが、夫婦での外食は滅多にないことだから、小洒落た店でゆったりとディナーを摂っても罰は当たらない。妻と外食をするのはいつ以来だろうか？　すぐには思い出せない。一年以上は前だ。そもそも家でも一緒に食事をすることがほとんどない。結婚して七年、擦れ違いの生活がずっと続いている。

俺は遅くても二十時には帰宅できるが、看護師の妻は三交代制の勤務シフトのため、俺と生活のリズムが合うことは少ない。せめて規則的な交代制であれば、『火・金はご み出し曜日』のようなリズムを生活に刻んで、夫婦の時間を作ることができたのだが。しかし命を扱う仕事に文句は言えない。それが夫婦の約束事だ。

「話し易い店がよかったの」と妻は素っ気なく答える。

頭の中に疑問符が浮かぶ。帰宅直後に『今夜は一緒に外で食べよう』と誘われた。わざわざ外で話したいことってなんだ？　でも数秒で思い当たった。妻が聞いてほしい話題は一つしかない。病院だ。

「話は聞くけど、病院の話は食後にしてくれ」と釘を刺し、低カロリーのメニューを探す。

きっと担当の患者が亡くなったのだろう。心持ちいつもより表情が冴えない。妻は死人が出ると塞ぎ込む。結婚したての頃は、親身になって慰めていたが、今ではほとんど聞き流している。たいてい、パソコンでオンラインゲームをしつつ気のない相槌を打っている。

不謹慎ながら、繰り返し聞かされて飽きてしまったのだ。縁もゆかりもない俺には関係のない話だ。『患者』と書かれた紙袋を頭に被せた人が死んだに過ぎない。死因がなんであろうが結果は一緒だ。死んだらお終い。俺が関わることは永久に不可能だ。

看護師仲間と嘆き合えればいいのだが、妻の周囲には『患者とは距離を置いた方がいい』『いい加減、慣れなよ』『看護師を志した時から覚悟していたことでしょ』とドライな人ばかり。だから妻は俺に愚痴るほかない。赤べこのように首を振ることしかできない俺でも、辛い胸の内を誰にも話せないよりはマシなのだ。

だけど今日はしっかりと聞いてほしいようだ。家の中だと『ながら聞き』をするから、俺を外へ連れ出した。親しく接していた患者が亡くなったのかもしれない。あるいは

『医者の不養生』のようなことが同僚の身に起こったのか？　煩わしいが腰を据えて聞くしかない。

ただし、食事中は勘弁してほしい。職業柄、妻は手術や下の世話のことなどを平然と口に出せるが、俺は食欲が失せてしまう。そういうことに対してまるで免疫がない。

妻がメニュー表に目を通し終えると、俺は呼び出しボタンを押した。やって来たウェイトレスに薬膳カレーのセットを注文する。妻はシーフードドリアのセット。

食事が運ばれてくるまでの間、俺たちは無言だった。会話の乏しい夫婦になって久しいから、何を話したらいいのかわからない。これといって伝えたいことも、訊きたいこともない。

隣のテーブルでは十歳くらいの女の子が楽しげに両親と会話している。俺と妻の間にも子供がいればあんなふうに笑って食事ができるのか？　いや、子供がいないことを理由にするのは狡いな。結婚する前は、意識することなく会話していたじゃないか。恋人だった頃はどんな話をしていたっけ？

大して実のある話をしていた覚えはない。テレビや友達や日常で起こった些細なこと。でも俺は自分のことを全て理解してほしくて口を開き、相手の全てを知りたくて聞き耳を立てた。

なんであの頃のように話せないんだ？　妻のことは嫌いじゃないのだが……。たぶん

『妻のことは好きなのに』と思えないのが原因なのだろう。『嫌いじゃない』程度の好意しか抱いていないから、関心が向かない。

やっと料理がテーブルに置かれる。早速、妻はスプーンでドリアをほぐし始める。彼女の癖だ。カレーでもかき氷でもなんでも、ビビンバみたいに最初にぐちゃぐちゃに搔き混ぜる。

何度か『汚いな』と注意したことがあったが、直らないので今では放っておいている。見なければいいことだ。俺は顔を伏せ、カレーを口に運ぶ。

「あなた、今、恋をしてるでしょ？」

「ああ。最近、年甲斐もなくアイドルに嵌まってさ。今度、コンサートに行ってもいいか？」と顔を上げずに言う。

自然に切り返せた気がする。変な間は空かなかったし、声に動揺は表れなかった。

「はぐらかさないで。してるんでしょ？」

語尾に付いていたのは限りなく感嘆符に近い疑問符だ。俺が恋にのぼせ上がっている証拠を押さえているのか？

口にカレーを頰張って時間を稼ぐ。咀嚼しながら情報の出所を考える。どこから漏れた？　俺は誰にも喋っていないから、バレるわけがない。口の中が収まると「なんのことだ？」とすっ惚ける。

「私を侮らないで。気付かないとでも思っているの？」と強い口調で迫る。

「何か誤解してないか？」

「男が何も知らない女の子を可愛く思えることは理解している。頼ってくる子を手取り足取りエスコートするのが楽しかったんでしょ？」

何も知らない女の子って……頼ってくる子って……千晶か？　妻が言っているのは、河本千晶との浮気のことか？　だけどどこで知り得た？　二人だけの秘密にしている。

親しい友達のいない千晶には悩み相談をする相手はいない。また、あの子は略奪したいほど俺に夢中ではないから、彼女が自ら妻にリークした線はないだろう。じゃ、どこから？　誰が？

「怒らないから、正直に話して」

「そう言う女って必ず怒るんだよな」と茶化して話を逸らそうと試す。「恋人にそう言われて素直に白状したら、ひどい目に遭った男を三人知っている。一人目は……」

「好きな子がいるんでしょ？」と淀みのない声で凄む。

正直に話すまではここから帰れない。そう思わせる迫力があった。彼女が二十四時間営業のファミレスに入りたがったのは、時間無制限で問い詰めるつもりだからか？　明日、妻は非番だ。徹夜で俺を尋問しても仕事に支障はない。

日頃から妻は『看護師は体力勝負だから』と体調管理に気を配っている。無理して俺の生活リズムに合わせることはない。結婚当初は『今は若手だから、夜勤ばかり入れられちゃうのは仕方ないの。一、二年だけ我慢して』と言っていた。

でも一緒にいられる時間が増えた現在でも、擦れ違い生活は好転していない。『若い頃のように疲れがすぐに取れないから、休養できる時はしっかり休まないと』と自室に籠っている。

仕事優先の妻は徹夜できる日が来るまで浮気の追及を控えていたのだ。我を忘れて質問攻めにしてきたのなら、まだ可愛げがあったものを。腹いせに徹夜で黙秘を貫きたかったが、あいにく今夜はしなければならないことがある。

くどくど言い訳しても立場をますます悪くするだけだから、正直に順序立てて話すべきか？　決定的な証拠を出される前に自白すれば、少しは心証が良くなる。しらばくれようとし続けたら、怒りが湧いてくるかも？

いや、女の口から出る『怒らないから』を信用するのは危険だ。妻が鎌をかけている可能性がゼロになったわけではない。俺が若い子と触れ合う機会の多い仕事をしているから、当てずっぽうで『何も知らない女の子』『頼ってくる子』と言ったのかもしれない。

しかし妻が『これでも惚けていられる？』と証拠を提示したら、一巻の終わりだ。クソ！　どこから漏れた？　興信所にでも頼んだのか？　不貞行為の証拠を得てから離婚届を突き付け、多額の慰謝料をふんだくろうって魂胆か？　そんな強かな女じゃないと思っていたが……心の中で『あっ！』と叫ぶ。

一ヶ月ほど前、千晶が「田嶋さんが私たちの関係を怪しんでいるっぽい。私の思い過ごしかもしれないけど、しばらくは田嶋さんを刺激しない方がいい」と言っていた。でも俺は聞き捨てた。

俺と千晶は露見しないよう細心の注意を払っていた。田嶋みたいな自分の足元しか見ていない奴に見抜けるわけがない。そう高を括って『千晶は心配性だな』と本気にしなかったのだ。

ただ、私立大学の生協職員の俺とクレーマーの田嶋は敵対関係にあるので、念のために『刺激しない方がいい』は受け入れた。田嶋は毎日のようにご意見箱に生協への要望書を投稿する。置いてほしいお菓子や本。食堂でホットココアの通年販売。里親を募集中の犬や猫の施設の設置。避妊具と事後避妊薬の販売。そのほか色々。

彼女は要望書だけでは飽き足らず、口頭でも注文をつける。俺を見つけると、すっ飛んできて詰め寄る。

「この間、要望したことはどうなりました？」

「改革へ向けて進展していますか？」

「なんでフランス語が必修なのに、フランス文学の本がちょっとしかないんですか？」

「うまい棒のコーンポタージュ味を置いていないのは変です。ポタージュがフランス語でスープという意味なのを知らないんですか？」

保守派の俺としてはいい迷惑だ。「今、取り組んでいる最中だ」とかわし続けたが、田嶋はいつまで経っても俺がサービス向上に努めないことに少なからず不満を抱いているだろう。もし浮気の証拠を握ったら、何をしでかすかわからない。

だから念には念を入れ、当分は千晶の言う通りにして丁重に接することを心掛けた。だけど田嶋から不穏な気配を毛ほども感じなかったので、『やっぱり千晶の思い過ごしだ』と片付け、気を緩めていた。

田嶋が俺への仕返しに妻に告げ口をしたのか？

「うちの大学に田嶋っていう浮いている女子がいるんだ。授業でフランス語を齧ったせいでかぶれちゃってさ、『生協の売り場にフランスの物を置け』って文句を言ってくるんだよ」と手探りで妻の反応を窺う。「田嶋には虚言癖もあって、あることないことを言い広めるから、誰も取り合わないんだけど……」

「そんなこと言ってないで、打ち明けて」と彼女は痺れを切らしたように語気を強めた。「絶対に怒ったりはしないから、正直に話して。私はあなたの本当の気持ちを知りたいだけ。それだけなの」

　妻の言葉には信頼し得る実直さが込められていた。俺を断罪することが目的ではないようだ。きっとその先を見据えている。それなら俺も心して真摯に妻と向き合うべきか？

　平謝りして言い逃れすることも可能だ。『魔が差したんだ。他人の言うことよりも、俺を信じてくれ。酔った勢いで一度だけ。本当に一度だけなんだ』と嘘を押し通せないことはない。

　だけど、俺は腹を決めた。いつかは告白しなければ、と思っていたことだ。この際だから頭から尻尾まで順を追って全てを正直に打ち明けよう。まずは、千晶のことから。

　考えようによっては、妻に心構えができているのは渡りに船だ。一度きりの火遊びならまだしも、節操のない不貞を唐突にカミングアウトされたら、狼狽して最後までまともに聞けないだろう。

「初めはただの親切心だった。困っていたから、放っておけなくて。疚しい気持ちはなかったんだ」

「うん」と妻は柔らかく受け止める。

「そうしたら、相手の優しさに絆されてしまった。寂しかったんだ。看護師が人生を捧げるに値する仕事だってことは理解している。おまえのことを『立派だ』と誇らしく思っている。でも俺の存在が軽んじられているような気がして、寂しかった」

「確かに私は夫婦生活を疎かにし過ぎた。あなたのことを蔑ろにしていた私にも非がある。女子らしさを磨くのも怠っていたし。だからあなただけが悪いんじゃない」

気味が悪いほど寛容だ。自らの行いを省みて心を入れ替えたのだろう、と思える人間だったら俺は良き夫になれた。不誠実な人間は不誠実な考え方しかできない。妻も浮気しているんじゃ？『お互いに愛人がいるなら、いいでしょ？』と離婚を切り出す気なのかもしれない。

そうだとしても仕方がない。お互い様だ。これは良い機会なのだ。夫婦の関係を白紙に戻して新たなスタートを切るきっかけになる。

「おまえのことが嫌いになったわけじゃないんだ。ちょうど寂しさに耐えかねた時に、たまたま手頃な子が近くにいただけなんだ」

「手頃？」と食い付いた妻の表情は鋭くなっていた。

「言葉は悪いけど、摘み食いし易そうな、摘み食いしても騒がなそうな子だったから、つい手を出してしまった」と必死に弁解する。「本当に単なる火遊びから始まった関係なんだよ。手頃そうな女だったら、誰でも構わなかった。容姿や年齢なんかはどうでもよかった。たまたま近くにいただけなんだ」

最低なことをしたのだからいかなる非難も全て受け止める。だけど妻に『夫は若い子に熱を上げた』とは思わせたくない。『女は若い方がいい』という風潮は三十代に入ったばかりの女性には受け入れ難(がた)いから。

妻は老いに無自覚な節がある。未(いま)だにキャラ物のTシャツを着ているし、さっきも自分のことを『女子』と言った。二十代の気分が抜けていないようだ。

「容姿と年齢がどうしたって？」と彼女は気にかける。

浮気相手の見た目や歳(とし)に敵対心を向けるのは女の性(さが)なのだろう。

「大して可愛い子じゃないし、若いと言っても、いつも学生を目にしているせいもあって、特別視するような……」

「若いって誰が？」と荒々しい声で俺の言葉を遮った。

話が食い違ったことに頭が混乱した。千晶のことをまるで知らないのか？　いったいどういうことだ？　でも自分で自分の首を絞めたことだけはわかった。勇み足だ。

「いや……」と口が滞る。

どこを探しても退路はない。

「ひょっとして、あなた、学生に手を出したの？」と烈火の如(ごと)く怒る。「その子を呼び出して！」

「ここに？　呼び出して何をするつもりだ？」

「来てから考える！」と怒鳴り、言葉を区切ってドスを利(き)かせる。「だから、今、すぐに、ここへ、呼んで！」

　こんなにまで感情を顕にしている妻を見るのは初めてだ。『怒らないって言ったじゃないか』と揚げ足を取れる空気ではない。

「早く、スマホを出して！　早く！」と妻がテーブルを叩くと、店内の視線が俺たちに集まった。

　晒し者だ。『店に迷惑がかかるから、家で話そう』とも言えない。そんなことを口にしても火に油を注ぐようなものだ。『世間に顔向けできないことをしたのは、あなたでしょ！』と責め立てられるのが明白だ。

　だから俺は大人しく従い、スマホをポケットから取り出す。こうなってはもう後戻りできない。俺の気持ちを明確にし、洗い浚い告白しよう。一度は腹を決めたことだ。妻とはなんらかの食い違いが生じたが、俺の覚悟に変化はない。

　千晶といつまでも未来のない関係を続けるわけにはいかないし、今後の夫婦関係について話し合いが必要な時期だ。白黒はっきりさせた方がお互いのためになる。まだ一人になってもやり直しが利く年齢だ。

　俺には妻と千晶に対して責任を果たす義務がある。二人にどんなに罵られようが、泣き叫ばれようが、決断しなければならない。俺は幸せになりたい。身勝手極まりない俺が描く未来図には、一人の女性しかいない。いかなる障害があっても、俺は一緒に幸せになりたい人を選択する。

固い決意に反して指が覚束ない。覚悟の有無に拘わらず、やっぱり修羅場が怖いのだ。震える指でスマホを操作し、千晶へ電話をかける。電波が悪いのか、なかなか繋がらない。呼び出し音が鳴り始めてからも、彼女は出ない。コール音がいつまでも続く。

しかしながら、不可解だ。浮気を大目に見ようとしていた妻が、なんで急に怒りだしたんだ？　俺から自白を引き出すために寛容ぶっていたのか？

夫が自分より十歳近くも年下の学生に手を出したことに激昂したようだったけれど、『浮気相手はまだ恋愛経験の乏しい子でしょ？』という訊き方をしたのだから、若い子は想定内だったはずじゃ？　てっきり千晶のことを知っているものとばかり思っていたのだが。

妻は女の勘が働いて千晶の影をぼんやりと察し、鎌をかけただけだったのかもしれない。あるいは田嶋から『あなたの夫は年下女と浮気しています！　問い詰めてみては？』とけしかけられて俺を追及した可能性もある。でもどちらにしても彼女が『若い』に過剰に反応するのはおかしい。

想定していても、俺の口から直接聞かされて心が拒絶反応を起こしたのか？　ひょっとしたら、妻は……と考えていたところで、電話が繋がった。

千晶に事情を説明すると、すっかり慌てふためいて「行きたくありません」「電話で謝ります」「顔が見たいなら画像を送りますから」と喚き散らした。

元々、人見知りの激しい子だから無理もない。本妻と対面したら、畏縮して目を合わせられないだろう。まともに口が利けるかも怪しいくらいだ。でも押しに弱い子でもあるから、どうにかこうにか宥め賺して「一時間くらいで行けると思う」と約束を取り付けた。

「一時間後に来るって」と妻に伝える。

「スマホと財布とキーケースをテーブルの真ん中に置いて」と感情を取り除いて言う。

通話中に幾分気持ちが落ち着いたようだ。俺の持ち物を取り上げるのは、この場から逃がさないためだ。連絡手段とお金と鍵を没収されたら、俺はどこにも逃げることができない。

それから妻は音を立てずに黙々と冷めたドリアを口に運んだ。不気味な静けさだった。どっちに、どのタイミングで、どんな言葉を発したら効果的か検討しているのだろう。一撃で致命傷を与えられるよう音を立てずに包丁を研いでいるのだ。

俺も言葉を吟味する。修羅場を演劇の舞台と仮定し、脚本家になったつもりで主演のセリフを考える。主演は俺だ。演出家も兼任する。

自分がイニシアチブを取り、思い描く結末へ妻と千晶を導く。自作自演の舞台にするんだ。そのためには最初の発言が肝だ。妻と千晶の心を掌握することができる言葉を模索した。

店内で俺たちのテーブルだけが異質な空気に包まれている。妻と初めて食事をした時も、重苦しい空気にガチガチになっていたが、あの緊張感は胸を熱くするものだった。そういえば、あの時もファミレスだったんだな、と思い出す。


出会いは九年前。U字溝に脱輪して困り果てている初心者ドライバーを、偶然通りかかった俺が助けたのが縁だった。「お礼にお茶でも」と裏返った声で誘われ、近くのファミレスで珈琲(コーヒー)をご馳走(ちそう)になった。

互いに緊張していてたどたどしい会話しかできなかったが、珈琲を飲み干したあとに『また会いたいな』と俺は思った。何か通じるものがあるような気がして、連絡先を交換しようか迷う。迷惑がるかな？　向こうは礼を尽くしただけで、俺が出しゃばった真似(まね)をしたら一層顔を引き攣(ひきつ)らせるかもしれない。

でもその頃から『人間はみんな変わらない』が俺の信条だった。自分が好意を抱いている時は、相手も同じだ。きっと向こうも『これっきりで終わるのは惜しい』と思っているはずだ。俺は勇気を奮い起こして「もしよかったら」と切り出した。

俺が連絡先を訊いた時、妻は子供みたいに無防備に笑った。その笑顔は俺の胸を芯(しん)から熱くした。だけど今は妻の顔も俺の胸も凍えている。月日はこの世にある様々なものを変えてしまう。

付き合い始めたばかりの頃は、彼女と一緒にいると瞬く間に時間が経っていたけれど、今は時間の経過がとてつもなく遅い。三十二年の人生の中で、最も長く感じた一時間だった。俺は時間をかけて薬膳カレーを胃袋に押し込み、今か今かと待ち続けた。

しかし約束の一時間から十五分遅れて現れたのは、サロペット姿の田嶋だった。俺に向けてウインクをすると、颯爽と俺の隣の席に座り、「田嶋春です」と妻に挨拶する。俺の口はしっかり閉じていたが、『開いた口が塞がらない』の状態だった。思わぬ敵襲に絶句する。なんでここに？

田嶋はウェイトレスから受け取ったメニュー表に視線を落としながら「どっちにするんですか？」と俺に訊く。

「は？　『どっち』って？　俺はもう食べ終わった」

「どっちの女性にするんですか？」と物怖じせずに言い直す。

やっぱりこいつが漏洩元か。千晶は何かヘマをして田嶋にバレてしまい、その心苦しさから俺に『田嶋さんに発覚した』と明言できなかったのだろう。

浮気の証拠を得た田嶋は俺への仕返しを行った。妻にリークし、千晶に友達ヅラして『言い触らしたりはしない。なんでも相談に乗るから、困ったことがあったらいつでも声をかけて』とでも伝えていたに違いない。そして彼女は気が動転した千晶から連絡を受けると、代役を買って出てこの場に来た。修羅場を特等席で観戦したいがために。

なんて性根が腐った奴なんだ。しかも突然やって来て二言目で結論を求めるとは。田嶋には人間らしい感情がないのか？　そりゃ、みんなから嫌われているのも納得だ。千晶も表面上は当たり障りなく彼女と付き合っているが、内心では忌まわしく思っている。

「どっちですか？」と田嶋は言いあぐねている俺を急かす。

こいつは人の皮を被った悪魔だ。裏表がなさそうな顔をしていながら、抜け抜けと人を不幸にしていく。さっきのウインクは妻への宣戦布告のつもりだったのだろう。彼女の目にも留まるよう顔を大きく傾けて片目を瞑りやがった。

田嶋はテーブルの脇にあった伝票を手に取って俺たちが何を食べたのかチェックし、またメニュー表を睨む。そして「私は何にしようかな？」と頭を揺らす。それが他人に人生の重要な選択を迫った人間がとる態度か？

「すみませーん」と彼女は直接ウェイトレスを呼び、メカジキの照り焼き定食を頼んだ。

「やっぱり相手は田嶋さんだったのね」

妻は俺の方を見て、『思った通り』という顔をする。何が『やっぱり』だ？　さっきは学生だと知って驚愕していたくせに、さも初めから知っていたかのような口ぶりだった。

でも強がりも女の性なのだろう。誰かから夫の浮気を告げ口された時は仰天しても、夫には『私を侮らないで。気付かないとでも思っているの？』と言わないと気が済まない生き物なのだ。

「いや、違うんだ。これは、その……」と俺は返答に窮する。

何を言い出すかわからない田嶋の前では、不用意なことは口にできない。正に崖っぷちだ。もう半歩も下がれない状況に追い詰められている。だけど逃げ道がないことで開き直れた。正面突破しか残されていないなら、破れかぶれでぶち当たるまでだ。元から逃げる気はなかった。俺は妻と目を合わせる。

「もうおまえとはやっていけない。ごめん。償いはちゃんとする。でもその前に……」

釈明しかけたが田嶋に掻き消されてしまった。

「本当ですか！」

奇声に等しい声だった。

「そう」と妻は冷淡に承諾して席を立った。「慰謝料はここの代金だけでいい。これが最後の晩餐になるなら、ミシュランの三ツ星レストランにしておけばよかった」

上擦った声で言い終わるや否や、背を向けて足早に店を出て行く。負け惜しみの捨てゼリフを吐くのが精一杯の抵抗だったのだろうが、その強がりは充分に俺を尻込みさせた。

情けないことに、言い訳をすることもできなかった。呆気(あっけ)ない幕切れだ。二年の交際を経て結婚して七年、延べ九年間が『そう』の一言で終わった。

なぜか唐突に、妻から聞いた話を思い出した。いつ聞かされたのか正確には覚えていない。また死んだ患者のことか、と聞き流していたからうろ覚えだ。二、三年前だったか？

患者を搬送中に救急車がパンクした。別の救急車を要請したけれど、配車に手間取り、病院へ到着するのにおそろしく時間がかかった。でも足を複雑骨折していた患者は文句をつけるどころか「待ちくたびれて骨が自然にくっつきそうだったよ」と冗談を言って看護師たちを笑わせた。

そこまで聞いて俺は『なんだ、死んでないんだ』と更に興味が薄れた。だけど妻は「話は前後するけど」と前置きしてから、その患者の大らかさを褒め称(たた)え続ける。動けなくなった救急車の中で待機している時も、車内の空気が重くなっていたから、患者は盛んに救急隊員に話しかけた。

「どっかの会社がパンクしないタイヤを開発したって記事を新聞で読んだことがあるぞ。なんて社名だったかな。外国の会社だったんだけど……」

患者はしばらく考え込んでから、わざと社名を言い間違えた。それに対して救急隊員は正しい社名を言って突っ込み、車内に笑い声が響き渡った。

どんな冗談だったか聞き逃していた。いや、忘れてしまっただけか？　まあ、どっちでもいい。妻は美談として話しただけで、面白い冗談だったから俺に聞かせたわけじゃない。なんでその話が頭を掠(かす)めたのだろう？　もっと印象深い思い出があるだろうに。最近は会話もなく、擦れ違いの夫婦生活だったけれど、楽しいこともあった。

時間をかけて記憶を掘り返せば、ちらほら浮かんでくる。後ろ髪を引かれる思い出もあった。だけどどれもすっかり色褪(あ)せている。妻から亡くなっていない患者の話を聞かされた。その程度のイレギュラーが記憶に強く残るほど、希薄な結婚生活だったということか？

後悔の大波が押し寄せてくる。失った時間を取り戻したくなり、胸がきりきりと締め付けられる。でも妻のあとを追いかけることはできない。腕を摑(つか)んで引き止め、『やり直そう』とは言えない。そんなことをしても意味がないのだ。その場しのぎでしかない。いずれは妻をより一層傷付けることになる。

俺は手を伸ばしてテーブルの中央にある自分の持ち物を回収する。田嶋が立ち上がる。さすがにこんな奴でも『一人にさせてあげよう』くらいの情緒はあるのだろう。そう思ったのも束(つか)の間(ま)、彼女はさっきまで妻が座っていた席へ移動した。

「見てわかると思いますが、今日の私はすっごく怒っています。見た目以上に怒り心頭なんですからね」

全然わからない。怒っているようにはまるっきり見えない。田嶋はいつも通りの締まりのない顔をしている。

「女の敵は許せません。卑劣漢さんの謝罪を聞くまでは帰しませんから」

この際、『卑劣漢』呼ばわりは甘んじて受けるが、はなから俺を許す気がないのに謝罪させるおまえは何様だ？

「どうして千晶じゃなくて田嶋が来たんだ？」

「困っている人がいたら、助けるのは当たり前です」と返してから早口で話の方向を変える。「そんなことより、なんで奥さんを嫌いになったんですか？」

見え透いた綺麗事を言って友達ヅラをするとは、厚顔な女だ。本当の目的は、俺と妻の仲を引き裂くためだったくせして。田嶋に邪魔をされてきちんと弁明することができなかった。妻に誤解を与えたまま関係を終わらせてしまった。

でも田嶋は破局させただけでは飽き足らず、俺を断罪しようとしている。時間をかけて練っていた復讐計画だったのかもしれない。妻にリークして修羅場に発展するのを待ち望み、密偵にした千晶から連絡が来ると、友達の振りをして介入し、場を掻き回す。田嶋は自分で台本を書き、自分で演じているのだ。

自作自演のくせして惚けた顔をしやがって。沸々と怒りが込み上げてくる。ここは俺の舞台だったんだ。妻と千晶に釈明し、許しを請い、俺の選択を宣言する場にしようと決意していたのに、こいつは……。

俺はどうにか気持ちを抑えて「嫌いになったわけじゃない」と答える。彼女がぽかんとする。二十歳そこそこの小娘に浮気の動機は理解できまい。この世には、好き嫌いで括れない事柄がある。

「じゃ、若い子が好きなんですか？」

男は誰もが若い女に鼻の下を伸ばす、というのも単純な発想だ。

「千晶とも別れる。もちろん千晶にも誠心誠意償いをする」

どちらの関係も絶つ。田嶋ごときには想定できない選択肢だ。自分が書いた台本にはない展開に面食らって意気消沈すると思いきや、驚かされたのは俺の方だった。彼女が間を置かずに「二人のほかに大事な人がいるんですね」とあっさり見抜いたのだ。

「なんで……」と訊きかける。

あとに続けようとした『わかったんだ？』は喉の奥へ呑み込めたが、激しく取り乱したのだから肯定したも同然だ。

「わかりますよ。卑劣漢さんは浮気をする鬼畜なんですから、次の人を確保しない状態で二人と別れることはありません」と決め付けた。

どういう神経をしているんだ？　確かに俺はひどい男だけれど、よくもそこまで言い切れるものだ。おまえは聖人か？　こいつが鼻持ちならないのは常に『自分は正しい』という態度をとっているところだ。善人ヅラや知らない振りをしていれば、全てが罷り通ると思っているのか？

しかし悔しいことに今回ばかりは事実だから、何一つ言い返せない。田嶋の独善的な思考も数撃てば当たる時があるのだろう。

「さぞかし第三の女さんは素敵な人なんでしょうね。卑劣漢さんを改心させたんですから」

「改心って？」

嫌味にしか聞こえない。変な呼称に『さん』を付ければ非礼が中和するとでも？　だいたい、田嶋に俺の何がわかる？　どこを見て『改心』を感じたんだ？

「だって第三の女さんが狡い人だったら、卑劣漢さんも奥さんと狡い別れ方をしていたと思います。卑劣漢さんを潔くしたのは、第三の女さんですよね？　素敵な人なんでしょ？」とうっとりと目を細める。

直にお目にかかりたい、と言わんばかりの顔付きだ。

「ああ」と俺は認める。「素敵な人だ」

「だからといって、浮気をする男が最低最悪であることは揺るぎませんから」と今度はべきです」

眉間に皺を寄せて睨み付ける。「ほかの人を好きになったら、その時点で一旦離婚する

　本人は威圧しているつもりでも、俺を笑わそうと変な顔を作っているようにしか見えない。

「言い訳に聞こえると思うけど、妻とは別れようとしていたところ……」

「自己弁護で結構です」と一方的に遮る。「元から私は卑劣漢さんの言い分を聞きに来たんです。第三の女さんは意外でしたが。だからいっぱい言い訳してください。どういう経緯で二人の女性と浮気をすることになったのか、きっちり自分の行為を正当化してみてください。でないと、本当に帰しませんよ」

　千晶の親友ならともかく田嶋に白状する義理はない。真相を知ったら大学で言い触らさないとも限らない。でも約束の時間が迫っている。何よりも大事な約束だ。俺は時間を惜しみ、彼女に余すところなく話すことにした。

　本当は誰かに聞いてほしかったのかもしれない。ずっと誰にも相談できないことだったから、人に知られて心を楽にしたい。そういう気持ちも俺の口を軽くさせた一因だったのだろう。

　結婚して半年ほど経った頃、俺はパソコンでFPS（ファーストパーソン・シューテ

ィングゲーム）と呼ばれる一人称視点のオンラインゲームを始めた。一人でいる時間を持て余していたのだ。

暇つぶしだったからどんなジャンルのゲームでもよかったのだが、妻が一番嫌いそうなミリタリーゲームにした。『それの何が面白いの？』とケチをつけられるのをあえて狙った。

妻に『私が命を助ける仕事をしている間に、あなたは命を奪うゲームをしているなんて』と呆れてほしくて始めたＦＰＳ。俺は『ごめん、ごめん。もうやらないよ』と謝ってすぐにゲームの世界から抜け出すつもりだった。戯れの会話がしたかっただけだ。

しかしどれほど待っても、妻が自分からゲームの話題を口にすることはなかった。俺が何をしていても関心が向かないようだ。あるいはゲームをしていれば相手をしないで済むから、彼女には好都合だったのかもしれない。

妻は海外ドラマの鑑賞を心の癒しにしている。暇さえあれば、ノートパソコンを開く。いつも愛用のレッツノートを持ち歩き、仕事の休憩中や外食中にも観ている。

俺は見事に拗ねた。『放置されるならいいや。文句を言われるまで、とことんゲームをやっていよう』と自棄になってコントローラーを握り締め続けた。いつしか俺たちはパソコンと向き合う時間の方が長い夫婦になった。

ＦＰＳの世界に足を踏み入れる前に抱いていた『人を撃ち殺して悦に入るゲームなん

て不健全だ。ゲーム内で満たされる支配願望は虚しいだけ』という先入観は数分で覆った。結果より過程が面白い。どうやったら効率よく敵の兵隊をたくさん殺せるか？　常にそのことを考えてプレイする。

　どの銃を装備するか？　戦局が悪いから一旦退却するか？　接近戦ではナイフを使うか銃床で殴るか？　突入する方角は？　残りの弾数は？　敵が潜んでいる場所は？　どこから撃たれているのか？

　殺害方法を模索するのは褒められたものではないが、『考える』のは楽しい。将棋やオセロのようなターン制の『考える』とは異なり、シンキングタイムが短いから直感的な判断力が求められる。そこが醍醐味だ。

　銃弾が飛び交う戦場ではのんびり考えていられない。次々に選択を迫られて息つく暇がないのは刺激的だ。同じルーティンの繰り返しの日常では、味わえない快感がＦＰＳにはある。

　僅かな判断の遅れで戦死することは少なくない。将棋は愚図でも時間をかければ良い手を思い付くこともあるけれど、ゼロコンマ数秒単位で決断を強いられるＦＰＳでは馬鹿が丸出しになる。

　判断ミスが瞬時に戦死という結果に現れるから、自分の無能さ加減を痛感させられる。でも反省を繰り返していくうちに、正しい判断ができるようになる。失敗した経験が活かされ、やればやるほど上達していく。

また、RPG（ロールプレイングゲーム）とは違い、地道な作業がいらないのも魅力の一つだ。RPGは弱い敵を倒してレベルアップするための経験値を溜めたり、ゲーム内で流通しているお金を貯めて強い武器を買ったりしなければ、ボスを倒せない。

それに対してFPSは自分のプレイするキャラクターを強化しなくても、プレイヤー自身の思考力と判断力、そして操作ミスをしない精神力を鍛えればクリアできる。

この歳になると自分が成長している手応えを感じることがあまりない。だからコントローラー一つで『もう自分には伸び代がない』という閉塞感から脱却できるFPSは、画期的な発明と言っても過言ではない。現代人の癒しに貢献している。

「時間の無駄」と妻は俺の熱弁を全否定した。

「十分でいいから、やってみろよ。面白さがわかるから。ゲームが不得意な人でもすぐに呑み込める」

何回か妻にFPSを勧めてみたが、反応はすこぶる悪かった。彼女はゲームを嫌っている。俺がゲームを中心に生活しているから、当然と言えば当然だ。こんな俺の言葉にはなんの説得力もないのだ。

気付いた時には依存症になっていた。『時間があれば』から『食べる時間、寝る時間を惜しんで』へ。仕事以外の時間はみんなゲーム。ここ数年、俺はゲームのために生きていた。

妻との関係は惨憺たるものだ。家にいる時はお互いに自分の部屋に籠ってほとんど出てこない。家庭内別居と大差ない。必要に迫られた連絡事項のほかには、会話らしい会話はない。「おはよう」や「ただいま」の挨拶もない。妻が自発的に口を開くのは、患者が死んだ時だけだ。俺は死んだようにじっとゲームをしながら、右の耳から左の耳へと聞き流す。

実直で怖がりの妻には看護師は向いていない。死者と正面から向き合おうとして死者に引き摺られる。数日はお通夜状態だ。家の中が陰気臭くて敵わない。どんな慰めの言葉をかけても「生協職員なんかに命に携わる看護師の気持ちはわからない」と言い返される。それで俺は口を噤むようになった。

妻が子供を作りたがらないのは、死んでしまうことを過剰に恐れているからだ。俺が「そんな簡単に死なないよ」と言っても、簡単に死んだ人をいっぱい見てきた彼女の耳には届かなかった。

幾度となく『どうして一緒に暮らしているんだ？』と疑問を抱いた。そしていつも同じ答えに行き着く。『別れる理由がないから』だ。楽しくもないがもうさほど辛くもない。

あからさまに邪険にされないし、口喧しい恐妻よりはずっと気楽だ。その上、嫌いではない。人としては好きな部類に入る。きっと向こうも同じことを思っているに違いない。同居人以上、夫婦未満。

　でもこのままでいいわけがない。こんな生活をするために結婚したのではない。二人で支え合って幸せな家庭を築きたかった。妻が哀しみに打ちひしがれている時は、一晩中でも抱擁するつもりだった。笑顔を取り戻すまで慰め続ける気概があった。

　時折、俺は思い出したように初心に返り、関係の修復を図ろうとした。しかしいつも空回りするだけで、妻は俺を歯牙にもかけなかった。「生協職員のくせに」の決まり文句を浴びせられる度に、俺は握っていた妻の手を離し、コントローラーへ手を伸ばす。その繰り返しだった。

　何度目かのつれない対応に傷心している最中に、俺はコントローラーではなく妻以外の女の手を握った。半年くらい前のことだ。寂しさを千晶の体で埋め合わせた。短絡的な衝動だったけれど、無理やり服を脱がしたのではない。手を伸ばしてきたのは千晶の方だった。

　その後も彼女との関係は続いたのだが、誘うのは決まって千晶からだ。浮気はあとになって罪悪感に苛まれる行為であることを思い知ったので、俺は気が進まなかった。でも一度抱いてしまった手前、断り難かった。

美味しいところを一齧りして逃げるのは忍びない。彼女を徒らに傷付けたくなかったのだ。一度関わった以上、千晶が患っている空虚さを癒さなければならない責任を感じていた。完全に癒せなくても、せめて紛らわすことくらいはしなくては、と。

きっと彼女も寂しいのだろう。千晶は華のキャンパスライフに憧れていたが、現実は憐れなほど理想に追い付いていなかった。彼女は女になることで息苦しい現実を変えたかったのだ。俺が『少なからずこれで何かは変わるはず』と期待したように。

しかし浮気をしても何も変わらなかった。『やっぱり妻を愛している』とも、『若い子の方が良いな』とも思わなかった。千晶との関係はオンラインゲームと同じだ。接続している時は、目の前のことだけを考えていられる。余計なことは頭に入ってこない。一時的な快楽に過ぎなかった。

俺を変えたのは『三毛輪』だ。奇しくも、初めて千晶と浮気をした日の深夜に、オンラインゲームの世界で巡り合った。俺がここ数年で嵌まっているゲームには、五人でチームを組んで五対五で対戦するモードがある。ゲーム内に待合室があって、五人揃ったら参戦できるシステムだ。

待合室はいくつもあり、部屋ごとに番号が振られている。知り合い同士で部屋を指定して待ち合わせるチームもあれば、赤の他人の五人が集まる即席のチームもある。チャット機能を利用してコミュニケーションを図れるので、仲のいいチームは絶妙な連携プレイを見せる。

俺はいつも適当な部屋に飛び入りしていた。三毛輪も一匹狼で〈初心者ですけど、いいですか？〉と入室してきた。その挨拶の仕方でど素人だと判明して先が思いやられた。『弱い者から狩る』はこのゲームの鉄則だ。

狩った分だけポイントが入り、ある一定のポイントが溜まるごとに自分のキャラの階級が上がっていく。難易度の高い殺し方で狩るとポイントを多く貰えるから、棒立ちの初心者は格好の餌食だ。

だから新米でも経験者ぶらなくてはならない。最初に舐められたら終わりだ。対戦チームの誰かが、俺たちの部屋の会話を見ていたら、真っ先に三毛輪がターゲットにされる。

また、自分のチーム内には知れ渡ったので、今回のチームメイトは次からは三毛輪とは組まずに、三毛輪が入ったチームと戦いたがる。ずっと付け狙われる。

三毛輪の初陣は秒殺で終わった。背後から忍び寄ってきた敵に首をナイフで掻っ切られる。俺はその敵の頭をスナイパーライフルで撃ち抜いた。敵討ちではない。三毛輪を囮に使って待ち伏せていた。戦場では狡くなくては生き残れない。

三毛輪はその後も弄ばれっ放し。戦場に赤子を放り込むようなものだ。『そのうち嫌気が差して来なくなるだろう。ぬるいゲームの方へ行くはずだ』と思っていたが、三毛輪はめげずに参戦し続けてきた。週に一、二度くらいの頻度で現れる。ニートなのか、時間にゆとりがある主婦や老人なのか、出没する曜日や時間帯はバラバラだった。

　精力的に参加するものの少しも上達しないので、次第に『三毛輪は最弱』という不名誉な認識が浸透し、除け者にされるようになった。全く戦力にならない足手まといとは誰も組みたがらない。

　ある時、俺と三毛輪が二人で部屋に待機していたら、一時間近く誰も入室してこなかった。部屋の外から誰が入っているのかわかるシステムだから、ほかのプレイヤーは三毛輪を敬遠したのだ。

　俺は仕方なく三毛輪と差し障りのないチャットをしつつ、退出する頃合いを窺っていた。すると〈あの、プレイの仕方を教えてくれませんか？〉と頼んできた。

　面倒に思いながらも、みんなからみそっかす扱いされて可哀想だな、と同情していたからレクチャーしてあげることにした。二人でタッグを組んでＡＩ（人工知能）の敵兵と戦うモードがある。五段階の難易度の選択もできる。そっちなら誰にも迷惑をかけずに基礎を叩き込める。

　週に一、二回ほど日時を指定して待ち合わせた。俺は三毛輪を護衛しつつプレイのノウハウを教える。倒すのが難しい敵は俺が仕留め、簡単な敵を三毛輪に撃たせた。敵兵を一掃する快感や達成感を味わって、このゲームを好きになってほしかった。妻と共有したかったことを、俺は三毛輪で擬似体験していた。

三毛輪は慣れてくると、世間話をしながらプレイできるようになった。三毛輪の読み方は『みけりん』で、始めた動機は〈幼馴染がこのゲームにのめり込み過ぎてネットカフェに入り浸っているんです。どうにかして現実の世界に連れ戻したくて、私も内緒でプレイすることにしました。上達してから彼をとっちめて目を覚まさせたいんです。〉だった。

その彼に惚れていて振り向かせたい気持ちもあるのだろう。ど素人が無謀な挑戦をするものだ、と呆れたが微笑ましくもあった。そんなふうに妻もゲームに嫉妬してくれたらな。

三毛輪の一途さに心が緩み、〈羨ましいな。〉とつい零してしまった。その一言を皮切りに、俺は妻への愛情を拗らせていることを話した。ずっと誰かに聞いてほしかったのだ。でも恥ずかしくて友達にも相談できなかった。

堰を切ったように妻への想いを吐露したが、浮気していることは伏せた。どんな理由を列挙しても、女にとって浮気は軽蔑の対象だ。せっかくできた相談相手を失いたくない。

三毛輪とは不思議な縁を感じる。俺も三毛輪も愛されたくてゲームの世界に入った。二人とも報われない片割れだ。二組の男女を入れ替えれば、一組はうまくいくのだが。世の中の歯車は本当に噛み合わない。

夫婦関係の悩みや愚痴のほかにも、三毛輪には様々なことを話した。取るに足らないことから『人生とは？』のような奥深いテーマまで、時間を忘れてキーボードを叩く。三毛輪もざっくばらんにチャットした。双方とも腹を割って話せる相手を求めていたのだ。

パソコンの画面上で会話を何百回、何千回と交わしていく中で、久しく使っていない感情が芽生え、忘れかけていた胸の高鳴りが俺を新しい世界へと誘う。ネットがどのような経路でどんなふうに繋がっているのかは知らない。だけど三毛輪との縁は心の深い場所で結ばれていると確信した。

「それって恋ですね？」と田嶋は物知り顔で言う。

あたかも恋愛経験が豊富な美女のような気取り方だ。生娘みたいな見た目のこいつに彼氏がいるとは思えない。

「ああ。チャットで色々な話をしているうちに、もっと理解し合いたいって思うようになったんだ。嘘っぽく聞こえるだろうけど、身辺整理して正式に交際を申し込もうと考えていた」

その矢先に、千晶との浮気が発覚してしまった。田嶋が妻にリークしたか否かは真偽不明だが、限りなく黒に近い。こいつが来たせいで滅茶苦茶だ。これ以上何を企んでいる？

離婚させて千晶とくっつけるのが狙いではなさそうだ。そうかといって、妻の味方でもない。上っ面の正義感を振り翳して俺を『女の敵！』と断罪し、自己満足に浸りたいのか？

「でもその恋はまやかしです」と言い切る。

「俺は本気だ」

自分も負けじと言葉に力を入れる。田嶋の目を凝視して言ったけれど、彼女は俺から顔を背けた。体を捩って口頭でウェイトレスを呼び、「苺のミルフィーユ。あと、ホットココアもください」と追加注文をする。すでに俺の話を聞きながらメカジキの照り焼き定食を平らげていた。

メニューの組み合わせや食事の作法に人の性格は表れる。デザートも『和』で揃えられたら、『案外、この子はしっかり者かも』と思えたのだが。やっぱりこいつはしっちゃかめっちゃかな奴なのだろう。

「卑劣漢さんが本気でも、その恋には実体がありません。妄想のようなものです」と田嶋は話を続ける。

「三毛輪はゲーム内のＡＩじゃない。ちゃんとこの世界に実在している」

「冷静になってください。第三者から見たら、滑稽ですよ」とさらりと無遠慮な言葉を使う。

　弱みを握っているからではない。元から失礼な奴なのだ。

「何が滑稽なんだ？」

「どう見ても卑劣漢さんは騙されています。先程、私は『第三の女さん』と名付けましたが撤回します。間違っていました」

「田嶋は三毛輪が素性を偽って俺を誑かしていると疑っているんだな？　チャット相手が『実は男だった』って話はよくあるもんな」

　彼女は何かを言いかけようと口を開く。だけど思い直して上唇を噛んだ。先に男疑惑を言われて悔しいのかもしれないが、普通は下唇を噛むもんだろ。顎を突き出して顔を顰めているおまえの方がよっぽど滑稽だ。

「顔の見えない相手だから、白髪のババアだったり、不幸話で金銭を貢がせる詐欺師だったりすることもある。でもな、チャットでも育める信頼があるんだよ。それは当事者にしかわからないことだ」

「卑劣漢さんって本当に馬鹿なんですね」

　みんなから馬鹿にされている田嶋に言われると効果は絶大だ。こいつには人を苛つかせる天性の素質がある。だけどここで『馬鹿のおまえには言われたくない』とやり返すのは大人気ない。

「こんな馬鹿な男の目を覚まさせてくれたのが、三毛輪だ」と馬鹿を肯定的に受け入れた上で、自分の意見を通す。

三毛輪に恋してから俺はゲームに依存しなくなった。ゲームをしているよりも三毛輪とチャットしている方が楽しくなり、待ち合わせて一緒にプレイする時以外はパソコンを開かなくなった。

ただし、妻が患者の話をする時は例外だ。手持ち無沙汰でどうしたらよいかわからなくて、ゲームの世界へ逃げる。俺は彼女が纏っている死の空気が怖い。妻と一緒になって死を怖がる勇気さえない腰抜けなのだ。

「本当に馬鹿です。どうしようもない馬鹿男です」と田嶋は子供の喧嘩みたいに『馬鹿』を多用する。「奥さんが可哀想すぎます。なんで気付かないんですか？」

「俺は騙されてなんかいない」

「騙されています」

「じゃ、三毛輪のどこが怪しい？　証拠を挙げてみろ」と俺も徐々にボルテージが上がってきた。

顔が見えなくても、声が聞こえなくても、打ち込む文字に人柄が滲み出る。俺は三毛輪の文字に親しみを覚え、自然と愛情が湧いてきた。もし三毛輪の容姿が世間的に不評な部類に入っていたとしても、何も問題ない。俺の愛は世間の価値観を超越している。

人が変わる時は内面からだ。俺に真人間になろうと思い立たせたのは愛だ。小まめに部屋を掃除し、自分で調理した物を食べ、だらけた体を引き締めるためにジョギングを始めた。それまでいい加減に取り組んでいた仕事にも精を出し、人と誠実に接することを心掛けた。

そして日頃から髪型や服装や体臭などの身だしなみを気にかけ、着々と『外で会わないか？』と三毛輪を誘う準備を整えた。

「馬鹿だからって居直って訊かないでください。馬鹿でもわかることなんですから」と彼女は早口で捲(まく)し立(た)てる。

「言い逃れか？　根拠がないのに三毛輪を悪く言うな。この際だから忠告するけど、田嶋は思い込みが強すぎるぞ。もっと客観的に物事を見た方がいい」

「ちょっと考えればわかることです。格好つけてダイエットカレーを食べている場合じゃないですよ」

田嶋は『カレー』をネイティブ風に発音した。『ダイエット』は普通だった。こいつは真剣なのか？　からかっているのか？

「なんで『カレー』だけ英語で発音したんだ？」

「英語じゃないです。フランス語です。どっちもスペルは同じですが、発音が異なります」

言われてみれば、発音が英語っぽくなかった。『カリィ』ではなく『キュリ』だった。田嶋の生協への要望をことごとく無視した俺に対する当て付けか？

待てよ、と私情を挟まずに冷静に考えてみた。偉そうに忠告した立場上、客観的な思考を疎かにできない。もしかして彼女は俺にヒントを与えたのでは？　カロリーを気にしだした俺を妻はどう見ていた？

急に運動を始めたことを『もう歳だから健康が気になって』と言い訳したが、多少の不自然さは残っただろう。『女がデキたのか？』と怪しんでも不思議ではない。元から妻は薄々勘付いていたのかもしれない。俺は田嶋に濡れ衣を着せていたのか？

「フランス語って面白いんですよ。英語以上に主語を大事にしていて、なんにでも主語を付けるんです。しかも、主語が一人二役を演じているんです。例えば、『卑劣漢さんがうっかり忘れ物をした』という文をフランス語にすると、主語が『卑劣漢さん』の場合と『うっかり』の場合の二通りがあります。『うっかりが卑劣漢さんに忘れ物をさせた』という表現をフランス人は好むんです」

俺の発言がフランスかぶれの田嶋に火を点けてしまった。彼女は饒舌に不必要な情報を俺に詰め込もうとする。

「いいですか？　重要なことなので二回言いますよ。フランス語では、主語が一人二役なんです。わかりまし……」と得意顔で説明していたけれど、デザートとドリンクが運ばれてきた途端に、にわかフランス語講座をやめた。

田嶋は早速ミルフィーユにフォークを突き刺し、ナイフを使わずに齧り付く。そして念入りにホットココアに息を吹きかけてから一口飲んだ。猫舌のようだ。

「ちなみに、ミルフィーユもフランス語です。本来は『千枚ぐらいのいっぱいの葉っぱ』という意味です。でも日本語のまま『ミルフィーユ』と発音すると、フランス人には『たくさんの女の子』という意味の言葉に聞こえるんですよ」とまたフランス語講座を始める。

女の敵である俺への嫌味か？　意地悪したいがためにミルフィーユを頼んだとしたら、相当なタマだが、たぶん違う。計算ではない。せいぜい、『フランスかぶれキャラであることを忘れて和食を注文しちゃった。デザートからはキャラを徹底しよう』というくらいの企みしか田嶋は持ち合わせていない。

「そうそう。『エッフェル塔が嫌いな人はエッフェル塔へ行け』という諺を知っていますか？　エッフェル塔が完成した当初は、街の景観を損ねると感じるアンチが大勢いたんですよ。それで……」

「知っているよ」と知ったかぶりをして、蘊蓄をストップさせる。

食べながら話してもいいけれど、口の中を見せることはやめてほしい。

「そうですか。それなら安心です」

何が安心なんだ？　教訓めいた諺なのか？　日本で言うところの『心頭滅却すれば火もまた涼し』なら、嫌いでもエッフェル塔に上っているうちに好きになる、ということになるが……。

「恋に恋しているだけ、と言われたら強くは否定できない。田嶋が指摘したように周りや自分が見えていない部分もある。でも俺と三毛輪には互いにしか通じ合えないものがあるんだ。運命を感じる。笑いたければ笑えばいい。俺は三毛輪に出会うために生まれてきた。そう確信できる相手に俺は巡り合えたんだ」

「奥さんと結婚した時もそう思いましたよね？」とウィークポイントを的確に攻めてくる。

「今度は本物だ。骨董品の収集家は誰しも偽物を掴まされて、本物を見る目を養う。それと同じだ」

妻を『偽物』呼ばわりするのは後ろめたかったが、田嶋を言い負かさないことにはここから脱出できない。

「三毛輪さんは偽者ですよ」

彼女は『は』を強調した。あえて『三毛輪さんも』と『も』を使わなかったことから、『奥さんは本物ですよ』と妻に肩入れしている。仕返しに離婚させたくて裏で糸を引いていたのではなさそうだ。田嶋を突き動かしているのは純粋な正義感か？

「本物だ。さっきも言ったけど、当事者にしかわからないことなんだ」

「どうして当事者にはわかるんですか？」

「シンパシーを感じ合う者同士では、相手は自分の心を映す鏡になる。自分が思っていることは相手も思っている」

「そんなのはこじつけ……」と間髪を容れずに反論しようとする。

　俺は強引に「田嶋だって好きな男とは同じ気持ちを共有しているだろ？」と同意を求める。

「はい」と瞬時に顔が惚気た。「もちろん心が繋がっています。私だけがそのかたのことを理解しているんです。陰でこそこそと人の道から外れることをしていますが、それは寂しさを埋めるためだってことを私はわかっています」

　少々訳ありの男のようだが、意中の人がいるなら話が早い。乙女心を刺激して活路を見出そう。

「反対に、俺たちはわかり合えない。田嶋と好きな男は通じ合っていても、田嶋と俺は相容れない部分があるから、どうしても気持ちが擦れ違う。だからこれ以上話しても無駄だ。共通の言語を持っていないようなものだ」

　わからず屋の田嶋に呑み込めるよう好きな男のことを引き合いに出した。これで納得せざるを得ないはずだ。

「うーん」と悩ましげな声を出す。

彼女のなんとも言えない渋い顔を見て、『リークした犯人は田嶋ではないな』と思えた。

「そういえば」とさり気ない調子で訊いてみる。「千晶に頼まれてここに来たのか？」

「愚問です。目配せに気がつかなかったんですか？」

「ひょっとして、あのウインクって『代役で来たから、私に話を合わせて』って合図だったのか？」

「当たり前じゃないですか。ほかに何があるんですか？」

「田嶋……」

口ごもった。そういう合図ならもっと自然にやれよ。妻に気付かれたら元も子もない。間違いなく妻は挑発と受け取った。それに千晶の振りをするなら『田嶋春』って名乗るな。妻が千晶の名前を知っていたら、一言目でバレていた。

「何か不服ですか？」と目を尖らせる。「友達に電話越しで涙ながらに相談されたら、助けない人なんていません。誰だって体を張って庇うに決まっています。友達のしんどい胸中を察した時は、『もう何も言わないでいいよ。あとのことは任せて』って引き受けるのはお約束です。友達でなくても、泣いている人がいたら放っておけません」

おそらく千晶は俺との電話を終えたあと、『やっぱり行きたくない』と臆したのだろう。あるいは『田嶋さんが奥さんに密告したの？』と確認したかったのかもしれない。

「だいたい、卑劣漢さんは代役を選り好みできる立場じゃないんですからね」と田嶋は声を励ましつつ拳をブンブン振る。

不平を鳴らしたのではない。俺の思い込みで彼女に着せていた濡れ衣を晴らそうとした。それなのに早合点して腹を立てた。やっぱり相容れない相手だ。でも田嶋は友達のために怒れる人間だ。千晶が彼女を友達と思っているのかだいぶ怪しいけれど、田嶋は積極的に人へ悪意を向ける奴ではない。

ただ単に自分の尺度でしか周囲を測れない人間なのだ。これまで近くに根気強く『それは間違っているよ』と諭す人がいなかったのだろう。考えようによっては可哀想な奴だ。

変人扱いしないで真正面から向き合ってみれば、いい部分も見えてくる。今日、こうやって顔を突き合わせてみて、彼女の人となりがわかった。やっぱり人と人は話してみないと相手のことがわからない。

「そんなに熱くなるなよ。さっきも言ったように、俺たちは相容れないんだから、このまま話し続けても衝突するだけだ。ここは一旦お開きにして、今後時間をかけて理解を深めていくのが建設的じゃないか？」

膨大な時間をかければ、田嶋とも理解し合える日が来る可能性はある。だけど俺にはそんな気は更々ない。この場を切り抜けるための出任せだ。

「何を呑気なことを言っているんですか！」と俺の思惑とは裏腹に更にヒートアップする。「時間をかけるのは無駄です。本当に、馬鹿に付ける薬って本当にないんですね」

また誤解を招く発言だ。彼女の個性を認めて『悪気はないんだろうな』と思って聞く分には軽く受け流せる。たぶん悪気はない。

「馬鹿は死ななきゃ治らないんだよ」と試しに言ってみる。

「だからって死んだら駄目ですよ！　絶対に！」

思いっきり声を張り上げたので、田嶋は店内の視線を一人占めにした。園児がそのまま大きくなったみたいな奴だ。幼稚園で教わるような綺麗事が言動の指針になっている。だから『命を粗末にしちゃ駄目！』と俺を叱った。今日一番の立腹だった。

「わかった」と聞き分けよく返事する。

「わかれば宜しいです」

安心して怒らせていた肩を下げる。

「でも俺は馬鹿だから、考えるのに時間が要る。家に帰って一人でじっくり悩みたいんだけど、どうかな？」

田嶋は顎に手を当て目線を下げる。しばらく苦悶の表情で思い詰める。

「静かな場所じゃないと気が散るんだ。熟考するには落ち着いた環境が必要だろ？」と俺は畳み掛ける。

「三毛輪さんの真意を見抜くまで今夜は寝ない、と誓えますか？」

世の中は本当にうまくいかない。俺が田嶋を『こいつは白だな』と善人扱いしても、彼女は『三毛輪さんは悪人だ』と譲らない。

「誓う」と俺は出せる限りの重みのある声で空返事した。

「いいでしょう。命を懸けないつもりの一生懸命で頑張ってください」

おかしな言い回しだけれど、彼女なりの優しさだ。

「ところでさ、田嶋は命の重みをどう捉えている？　例えば、彼氏が親しい人を亡くして落ち込んでいる時に、田嶋ならどうする？」

「もちろん元気づけます。『私が死んだ時は誰よりも哀しんでください。でないと、嫉妬して化けて出てきちゃいますよ』って」

「それって脅しじゃないか」

「そうですか？」と屈託のない顔を傾ける。「一番に哀しめるように良い思い出を山ほど作ればいいだけなんですから、簡単なことですよ。だって私たちは生きているんだもの」

思わず噴き出す。田嶋の単純さに笑わずにはいられなかった。『いつまでもくよくよしていると、私も死んじゃうよ』という励まし方は自分本位だ。だけど彼女はある意味では正しい。俺たちはまだ生きている。生きているうちが華だ。

　妻が死者の方へ引っ張られた時、俺は無理やりにでもこっちに引き戻せばよかった。命の重みなど看護師でない俺なんかにはわからないが、それでも妻の手を離すべきではなかった。『いつか俺たちも死んじゃうけど、それまで精一杯一緒に生きよう』とエゴを押し付けることは、そんなに難しいことではなかったはずだ。

　俺は死に慄いていたばかりに難しく捉え過ぎていた。田嶋みたいに単純に考え、妻の顔を生者の方へ向けさせる努力をし続けていれば、もっと違った夫婦関係を築けたのかもしれない。しかし全てはあとの祭りだ。

「ここのお代は俺が持つよ。もう遅いから帰りな」

「本当ですか！　ご馳走様でした！」

　どうにか切り抜けられた。今夜は三毛輪とゲームをする予定が入っている。何よりも大事な約束だ。まだ少し時間があるから、ここで気持ちを整えてから家へ帰ろう。今夜、交際を申し込む。

「でも奢ってもらえるなら、三ツ星レストランにしておけばよかったです。レッドガイドの」と田嶋は妻のセリフを真似る。

　生まれつき余計な一言が口を衝いて出てしまうのだろう。『ご馳走様でした』で留められれば、トラブルは発生しないのに。けど『レッドガイド』ってなんだ？

訊いてみると、「フランスのタイヤメーカーが出版しているレストランのガイドブックのことです。ちなみに『グリーンガイド』は観光版です」と薀蓄を垂れられた。彼女のこういうところも嫌われる一因だ。妻のようにみんなに馴染みのある『ミシュラン』と言えばいいものを……。

「あっ！」

俺は声を上げると同時に立ち上がった。

「私が立て替えておきますよ」と田嶋は俺の焦燥感を察して申し出る。「もう一杯ホットココアを飲んでから帰りたいですし」

俺は一秒でも早く家に帰りたかった。レジで会計をする時間も惜しい。彼女は『三毛輪』の話を聞いた時から全貌を見透かし、俺をアシストし続けていたのだ。俺は田嶋の言う通り、本当に馬鹿野郎だ。

「頼む」と言って店を飛び出した。

なぜ妻が熱心に亡くなっていない患者の話をしたのか？　そしてどうして俺は突然そのことを思い出したのか？　妻の捨てゼリフ『ミシュランの三ツ星レストランにしておけばよかった』が記憶を刺激したからだ。でも愚鈍な俺は何が頭に引っかかったのかわからず、意識を過去に向けなかった。

パンクで動けなくなった救急車の中で患者は、「どっかの会社がパンクしないタイヤを開発したって記事を新聞で読んだことがあるぞ。なんて社名だったかな。外国の会社だったんだけど……」としばらく溜めを作ってから「そうそう。確か、ミケリンだ」と惚けた。そして救急隊員が「ミシュランじゃないですか？」と突っ込んで笑い合った。

田嶋のおかげで俺は思い出すことができた。俺と妻を結び付けたU字溝に嵌まったタイヤもミシュラン製だ。俺は『こりゃ、見事に脱輪したな』と状況を確認した時に、タイヤに刻まれた『MICHELIN』のロゴを目にしていた。

おそらく田嶋は『MICHELIN』を間違って発音したことがあるのだろう。それで俺から『三毛輪』の話を聞いて直感した。妻が去り際に吐いた捨てゼリフと繋がった。あれは妻からの最後のメッセージだった。

田嶋が言ったエッフェル塔の諺は、『灯台下暗し』だったと思われる。巨大な建造物に目と鼻の先まで接近すると、その全体像は見えない。アンチはエッフェル塔の真下にいれば、外観を見ないで済む。『近すぎると見えないものもある』と田嶋は俺にわからせようとした。

彼女が遠回しに伝えたのは、妻の気持ちを酌んだからだ。俺が他人に教えてもらって気付けたとしても、それは妻の本意ではない。妻は『なんだ、おまえだったのか』と俺が見破ることを待ち焦がれていた。

だけど辛抱できなくなって自分からモーションをかけた。いや、勇気を振り絞って踏み出したのだ。臆病な心を震わせてファミレスへ誘った。ぐちゃぐちゃに掻き混ぜたシーフードドリアのように期待と不安を綯い交ぜにして、全てを一変させる言葉を待っていた。それにも拘わらず、俺は……。

なんで俺は気がつかなかった？　生きている患者の話をすることなんてなかったじゃないか。妻は『そういえば、おまえが乗っていた車のタイヤも』と俺が思い出すのを心待ちにしていた。昔話に花を咲かせて、互いに置き去りにしていた気持ちを取り戻そうとした。

自分の馬鹿さ加減にうんざりする。妻は俺にずっとサインを送っていた。注意深く振り返れば、彼女があの手この手で俺の気を引こうとしていたことがわかる。妻も何かを変えようともがき苦しんでいた。

それなのに俺は彼女の心情に目を向けるのを怠っていた。妻だって『そんなに海外ドラマって面白いのか？』と興味を持たれたがっていたはずだ。なぜ、俺は『一緒に観ていい？』と歩み寄らなかった？

彼女も俺と同じ気持ちだった。自分が思っていることは妻も思っている。本心は寂しくて堪らない。相手に寄り添いたい。でもうまく歯車が噛み合わずに空回りを繰り返す。そして拗ねて相手に背中を向けてしまう。

それでも彼女は俺と繋がろうと手を伸ばした。右も左もわからないオンラインゲームの世界に飛び込み、『三毛輪』となって俺と心を通わせようとした。俺が三毛輪に夢中になり、運命の人と確信したのは、妻だったからだ。

激しい恋に落ち、巡り合えた偶然に感謝し、一生添い遂げることを誓った相手に、俺はもう一度恋をしていた。三毛輪に運命を感じたのは至極当然の心の動きだったのだ。

俺はなんて愚かなんだ！　妻の話にきちんと耳を傾けていれば、捨てゼリフを吐いた時にその場で彼女の意図に思い至ることができた。いや、妻がゲーム内で『三毛輪』と名乗った時点で見破ることが可能だった。気付けなかったのは、彼女のことをなおざりにしていたからにほかならない。弁解の余地はない。

こんな俺を妻は許してくれるだろうか？　わからない。もう愛想を尽かして家を出て行く準備をしていても驚きはしない。俺から『初心に戻ってやり直そう』という言葉を引き出そうとしたら、若い子と浮気していたことが発覚した。彼女が受けたダメージは計り知れない。

とにかく謝るしかない。泣き付いてでも許しを請おう。体裁なんか繕（つくろ）わない。妻が呆れ返るほどの言い訳を並べ、千晶と田嶋に全責任を押し付け、『もう一度だけチャンスをくれ』と虫がいい話を持ち掛けるんだ。恥知らずで構わない。同情で繋ぎ止められるなら、それでもいい。どんな手を使ってでも妻を失いたくない。その気持ちだけは届けたい。

一刻も早く届けたくてがむしゃらに自宅を目指す。髪を振り乱し、手足を千切れんばかりに大きく振り、淡い闇（やみ）に包まれた夜道を駆け抜ける。

第三章　スケープゴート・キャンパス

二人掛けの食卓にリプトンのピラミッド型ティーバッグの入ったマグカップが二つ置かれる。

「結局、別れることになった」と千晶は言って私の正面の席に腰を下ろした。

私は「そっか」と返しながらティーバッグのタグを持ち上げてせっかちに揺する。一分ほど蒸らしておけば自然と茶葉がジャンピングすることは知っていたけれど、間が持てなくて不必要なことをしてしまった。

破局は予期していたことだった。〈今からうちに来てほしいんだけど、大丈夫かな?〉というメールを見た時から、確信に近いものがあった。

千晶は食卓の下にあった小さなごみ箱を取って私に差し向ける。ティーバッグをここに捨てていいよ、という気遣いに私は少し気後れする。私が生まれ育った家では、一つのティーバッグで三杯まで使い回していたからだ。

その上、出がらしを油汚れの掃除に使っていたので、一杯だけで捨てることに罪悪感を抱いた。きっと貧乏性の遺伝子が私の中にもあるのだろう。

「どうかした？」

千晶が気にかける。

「ううん。なんでもない」と私は気を取り直して、ティーバッグを思い切って捨てた。

「それで、千晶は平気なの？」

彼女は「うん。なんとか」と頷いてから、自分に暗示をかけるように言う。「元からそんなに好きじゃなかったし、人の物だったしね」と。本音半分、強がり半分が透けて見えて、かける言葉が見つからない。私の心も二つに割れている。『不倫なんだから自業自得』と『既婚者に弄ばれて可哀想』。

同情するべきか？　そう迷っている時点で憐れむ気持ちの方が弱いのかもしれない。そもそも千晶とは見せかけの友情で結ばれているに過ぎない。人のいい振りをして彼女に近付いた私が親身になるのは、いけないことのように思えてならなかった。

私と千晶は同じ私立大学で法律を学んでいる。彼女は見た目通りの大人しい女子で、自ら『日陰者』と口にするほど印象が薄く、一人でぽつんとしていることが多い。片や私は千晶の言葉を借りれば、『日向の人間』で、集団を形成して和気藹々とキャンパスライフを送っている。友達に事欠かないので孤立している人に進んで話しかける必要はない。ほかの人たちと同様に千晶の存在を気に留めていなかった。

彼女は『私なんかが目立っても誰も喜ばない』という思いから、息を殺すようにして教室の隅にいることを心掛けている。賢明な処世術だ。言動にしろ、ファッションにしろ、周囲に不快感を抱かせない目立ち方をするには、自分を受け入れてくれる土壌が必須だ。

飛びっきりのカリスマ性がない人は、地道に土を耕すことから始めなければならない。人望のない千晶が人目を引くことをしても、みんなから『イタい奴』と蔑まれるだけで終わる。

どの環境に身を置いても、その場の空気を読む力が最も大事だ。円滑な人間関係や被害を受けない立ち位置を保つのに不可欠なツールなのだ。たいていの人はそのツールを小・中・高の教室で自然と手に入れるのだが、なぜか『空気を読めない人』がいる。クラスに一人は必ず存在する。

大学にもいた。それも想像を絶するほどの空気を読めない人が。入学して早々に『世の中は広いな』と思い知らされた。とんでもない女が同じ学年にいたのだ。

去年の四月中旬に行われたイベント系サークル『N・A・O』の新歓コンパの席で、幹事が「みんなビールでいいよね？」と訊くと、新入生らしき女の子が「私はホットココアで」と躊躇いなく言った。本当にアルコールが体に合わなくても、最初は『とりあえずビール』と注文するものだ。

私だって本音では『ビールは脂肪の元』と嫌悪(けんお)しているけれど、波風を立てたくなかった。ジョッキに口を付けて飲んでいる振りさえしていれば、先輩に目を付けられることはない。

私はその子の左側に男の先輩を一人挟んで座っていたのだが、彼女の右隣の席にいた男の先輩が「またまたぁ。本当は飲めるんでしょ？」と場の空気を和ませようとした。ところがその子は「こう見えて、私はまだ十八歳なんです。現役合格なので飲酒はできません」と真顔で応じる。

わざわざ年齢を明かさなくてもわかる。幼い顔立ちをしていて、化粧っ気がない彼女はどこからどう見ても、二十歳未満にしか見えない。しかも、『現役合格なので』は余計な一言だ。浪人した人を不必要に刺激する。

「これが証拠です」と学生証を出して先輩の顔の前に差し出した。「遅ればせながら、自己紹介をさせていただきます。田嶋春です。『タージ』って呼んでもいいですよ」

「自己紹介は乾杯のあとで順番にやるから……」と先輩は段取りを無視し続けるタージに手を焼く。

「あなたはいくつなんですか？　何年生ですか？　生年月日は？　干支(えと)は？」

「えーと……その……」と挙動不審になる。

まだ二十歳を迎えていない二年生らしい。鯖を読みたいところだが、干支の計算に手間取っている様子だ。なんで自分の干支の一つ前が言えないんだ？　十二支の順番くらい把握しておけよ。

不甲斐ないな、と私が身勝手な怒りを抱くのは、タージのことが目障りだからだ。その先輩に加勢する気はないくせして、『その女を懲らしめろ！』と念じていた。

「つまらないダジャレで誤魔化さないでください」とタージは更に追い込む。

弱った先輩がつい発した『えーと』を『干支』のダジャレだと思ったのだ。先輩は赤くした顔を伏せて押し黙る。偶然口にしてしまったダジャレはかなり恥ずかしいものだ。

「もしかして未成年なんですか？　違法ですよ。お店に迷惑がかかります。飲食店での未成年の飲酒で処罰されるのは、お店側だけなんですから。引っ込み思案で幹事さんに自己主張できないのかもしれませんが、ここは勇気を出さないといけない場面です」

それを言い出したら新歓コンパは成立しない。先輩も新入生も居酒屋も未成年の飲酒は暗黙の了解だ。オーダーを取りにきた店員はさっきから苦笑いを浮かべて立ち尽くしている。ほかの人たちも予期せぬ邪魔者の出現にフリーズ中。

幹事が人数分のビールを注文し、店員が『かしこまりました！』と威勢よく返事する。そしてビールがみんなの手に回り、『カンパーイ！』とジョッキを鳴らし合って盛り上がる。誰もが頭に描いていた流れだ。

それをタージがばっさり断ち切ったことで、みんなの頭は混乱している。どう対処していいのかわからない。所詮、人生経験の浅い二十歳前後の集まりだから、想定していない事態が起こるとパニックに陥ってしまう。私も『世の中は広いな』と度胆を抜かれていた。

タージはそんな私たちを尻目にどんどん暴走していく。店員に「一人一人の学生証を確認してから注文を取ってください」と指示する。でも店員はあたふたするばかりで、一向に動こうとしない。マニュアルにないことに当惑しているのだ。

「あっ、ごめんなさい。考えが足りませんでした」

さすがに厚かましい要求であることにタージは気付いたのだろう、と思いきや「一人では大変ですものね。私が一人ずつ確認していきます」と申し出た。四十人以上いるから、確かに一人じゃ大変だけど……。

店員の同意を得ないうちに、『えーと』の先輩から「学生証を出してください」と詰め寄る。彼が渋々財布から学生証を出すと、ぶんどって学部と名前と生年月日と入学年月日を読み上げ、「注文は何にします？」と訊いた。

「烏龍茶で」と先輩は威厳が微塵も感じられない声で言う。

そのようにしてタージは反時計回りで順々にみんなの学生証をチェックしていく。逐一、声に出すので個人情報がみんなに筒抜け。浪人した人にとっては公開処刑だ。

　ビールと烏龍茶の割合は一対二くらい。四年生は就活のために進級前に引退している。三年生はみんな二十歳以上だけれど、二年生はほとんど未成年だ。二年生でビールを頼むのは、浪人していた人か、すでに誕生日を迎えた四月生まれの現役合格者か。

　タージは私のところにも意気揚々とやって来た。これまでビールを頼んだ一年生はいない。一浪した人が一人いたけれど、まだ二十歳の誕生日を迎えていなかった。

「あれ？　最近テレビとかに出ていませんでしたか？」とタージはまじまじと私の顔を見つめる。

「出てない」

「じゃ、芸能人に似ているって言われませんか？」

「言われない」

　有名人に例えられたことなんて一度もない。いきなり何を言い出すんだ？

「本当ですか？　誰かに似ている気がするんですよね」

「気のせいでしょ」

　私はつっけんどんに返して学生証をタージへ提示した。彼女が私の個人情報を読み上げる中、私は逃げ出したい気持ちでいっぱいだった。

「高橋奏（たかはしかなで）さんですか。やりましたね！　ギリギリ表彰台にランクインですよ！　日本で三番目に多い名字です。でも百四十万人も同じ名字がいるってどういう気分なんでしょうか？」と取り留めのないことを喋る。

「別に。慣れっこだから」

クラスメイトに私以外の『高橋』がいることに耐性ができている。私を含めて三人の『高橋』が被った時もあった。

「あっ一昨日が二十歳の誕生日だったんですね。おめでとうございます！」とタージははしゃぎ、無闇に私の神経を逆なでする。

私は受験に失敗して一浪した。隠し通すつもりはなかったけれど、同学年と慣れ親しむまではしばらく内緒にしようと思っていた。初対面で大っぴらにすると、年齢に壁を感じてしまうかもしれないから。それなのに、タージのせいでプランが水の泡だ。

「注文は何にします？」

「ビール」と私はムッとした感情をどうにか堪えて言った。

「ところで、『高橋』という名字は大学内でも数人いるので、差別化して呼んだ方がいいと思うのですが、どうですか？　お気に入りのニックネームはあります？　あと、私と高橋奏さんは同じ学年ですけどタメ口はNGですか？」

デリケートなことをさらっと訊くな！　初めからタメ口だと面白くない。一浪を愚弄されているようで。少なからず『私の方が年上なんだから、敬ってよ』という気持ちがある。その半面、『一浪は自己責任だから現役合格者に遜るのは罰だ』と受け入れてもいる。だからタメロを甘んじて受容しようと覚悟していた。

最初は一浪を伏せておいて、ある程度仲良くなってから『あれ？　言っていなかった？』と知らん顔でカミングアウトする。すると、同学年の人たちは『ごめんなさい。ずっとタメロでした』と恐縮する。そこで私は『いいよ。同じ学年なんだから、これまで通りのタメロで』と返して懐の深さをアピールする。それが理想的な形だと入学前から目論んでいたのに……。

新歓コンパの席で大々的にタメロを許可したら、今後みんなから軽視されてしまうおそれがある。かといって、NGにすると心の狭い女だと思われる。人によっては『嫌だったら、現役で合格すればよかったじゃん。頭が悪いくせに文句垂れてんじゃねーよ』と反感を抱くかも？

「人生の先輩ですから、やっぱり対等な口の利き方は失礼ですよね？　それでは同学年のみなさん、高橋奏さんには馴れ馴れしく話しかけないでくだ……」とタージは勝手に話をまとめようとする。

「ちょっと、来て！」

私はタージの手首を握って立ち上がった。強引に彼女の手を引っ張って店の外へ連れ出す。堪忍袋の緒が切れたのではない。怒りよりも恥ずかしさが限界だったから、キレた振りをして逃亡したのだ。タージは私の力に逆らわず従順だった。

「どういうつもり？」と私は若干勇ましさを意識して問い詰める。「いったい、何がしたいの？」

彼女は目をぱちくりとさせてきょとんとした顔をする。まるで悪びれていない様子だ。すっ惚けているんじゃない。これっぽっちも自分の非に心当たりがないのだ。

この子は『無意識の悪魔』なんだ、と気付いた。うちの母親のお節介と同じだ。母が『これ、可愛いと思って』と買ってくる洋服はどれもびっくりするほどダサい。それらを着て外へ出るのは罰ゲームに相当するけれど、母に悪意はない。むしろ良かれと思ってやっている。

だからこそ厄介だ。自分が善意の押し売りをしていることを露ほども自覚していないから、周りが何を言っても話が通じない。特に自分が正義だと信じて疑わない天然の子は無敵だ。

「人生の先輩として言わせてもらうけど」と私はタージが発した言葉を利用して窘める。「あなた、このサークルに向いてない」

どのサークルに入っても浮いてしまうと思うが、どうにかして彼女を他所へ行かせたい。

「えー！」とタージは目を引ん剝いて驚く。「そうなんですか？　さすが、人生の先輩です。私、自分のことを客観的に見られないので、向き不向きがわからないんです。助かりました」

感謝されるとは予想外だったから、調子が狂う。目上の人の言うことに耳を傾ける素直さはあるのか？

「サークル選びは慎重に考えた方がいい」

そのまま先輩風を吹かせる。タージの素直さに付け込めば、うまく誘導できるかもしれない。

「はい」と元気な返事をした。「自分なりに勧誘のチラシを熟読して、『社会奉仕の精神を育む』や『メンバーと切磋琢磨して健全な大人を目指す』という言葉に感銘を受けたのですが、読み込みが浅かったようです」

チャラいイベント系サークルが掲げる大義名分の活動目的を頭から信じて、のこのこと新歓コンパに顔を出したわけか。世間知らずと言うか、生真面目と言うか。

「今日は帰ってもう一度じっくり考えたら？　新歓コンパでメンバーと中途半端に仲良くなると、ほかのサークルへ移り難くなるから」

「そうですね」と同意した。「細かいお心遣いありがとうございます。それでは早速帰って熟考したいと思うので、失礼します。みなさんによろしくお伝えください」

タージは一礼すると、背中を向けて早歩きで去っていく。だが、途中で引き返してきた。「鞄とコートを忘れていました」と大慌てで店に駆け込み、数十秒で外へ飛び出した。

「それでは、今度こそ失礼します」

「ええ。気をつけて」

彼女は駅へ向かい、私はタージと入れ替わるようにして店の中へ。憂鬱(ゆううつ)だ。どんな顔をして席へ戻ったらいい？　一浪した落ちこぼれ。タメロを許せない器の小さい奴。そう思われていないだろうか……。

私の心配は杞憂(きゆう)に終わる。私はモンスターを退治した勇者のように歓迎された。特に同学年の一年生からは「凄(すご)いです」「さすが先輩です」「頼りになります」と一目置かれた。

その新歓コンパの一件で私は姉御肌キャラが定着してしまい、リーダー的な存在に祭り上げられることとなった。年下の一年生はみんな私に敬語を使い、困るとすぐに私に泣き付いて悩みを打ち明け、みんなの意見が割れた時は私に決定権を委(ゆだ)ねた。

私が思い描いていたキャンパスライフとは大違いだ。一つ二つくらいの年齢の差を気にせず、みんなと面白おかしくゆったりとした大学生活を送るはずだったのに。でも『なんだ、あいつは？』と白い目で見られるよりはずっといい。

こうなったら四年間姉御肌キャラを押し通すしかない。自己紹介をする場では『一浪していけど、何か問題でも？』というスタンスで、開き直って自ら浪人したことを明かした。

タージは大学で見事に周囲から遊離した。悪い噂というものはすぐに広まる。新歓コンパでの暴挙で彼女は一躍有名人だ。そして私に忠告されたにも拘わらず、あっけらかんと私と同じサークルに入ったことが、悪評を上塗りした。

新歓コンパから一週間後、『N・A・O』の入会手続きを済ませたばかりのタージに「なんで入ることにしたの？」と私は問い質した。

「まだ若いので『不向き』をそのままにしておけません。なんとしてでも『向き』へ変えます。自分の欠点を直すには棘の道を歩むのが近道だと思うんです。簡単な道ばかり歩いていたら、簡単な人間になってしまいますから」

彼女は誇らしげに宣言した。荒療治で入会したのか。チャレンジスピリットは見上げたものだけれど、そのとばっちりを食う人たちのことも考えてよ。

「不向きなことをあえて避けるのも、勇気ある選択じゃないかな。ほら、短所をなくすよりも長所を伸ばした方がいいって言うじゃない？」と私は方向転換を促す。

「高橋奏さんのような忍耐力が欲しいんです」

眼鏡越しの瞳がキラキラと輝いている。

「忍耐力？　私が？」

「はい。だって高橋奏さんはほかの人よりも一年長く受験勉強をしたんですよね？」

忍耐力をつけたいなら、登山部にでも入ればいい。新歓コンパの時と同じように胸がささくれ始める。

「その前に、下の名前だけでいいから」

新歓コンパで私が呼称を決めなかったから、律儀にフルネームで呼んでいるのだろう。ここでしっかり正しておかないと、タージは永遠にフルネームを使いそうだ。話題を変えたい思惑もあって話の腰を折ることにしたのだ。

「上の名前が嫌いなんですか？」

「同じ名字が多くて紛らわしいって言ったのはあなたでしょ」

「やっぱり『高橋』が嫌いなんですね」と見通す。「駄目ですよ。高橋さん同士で仲良くしなくちゃ」

なんでわかった？　肯定も否定もしなかったから疑念を抱いたのか？　この子にそういう思考ができることに驚いたが、それ以上にタージはどこまでわかっているんだ？　もしかして……。

「そうそう、小学校の頃にクラスに『佐藤』って男子が二人いたんですけど、いっつも『俺が本物の佐藤だ！』って仲違いしていました。アイデンティティの芽生えだったのかもしれませんが、嘆かわしいことです。奏さんは同じ名字の子を虐めたことなんてありませんよね？」

明後日の方角のことを話し出したから、安堵の溜息を漏らす。

「私はない。でも周囲が同じ名字の人を一緒くたにしがちだから、仕方のない面もあるのよ。どうしてもライバル視してしまうもの。『高橋一号と二号』や『高橋AとB』ってセットにするから、仲良くし辛いの」

私は同じ名字の人と友達になった例がない。こっちはさほど意識しなかったのだが、向こうが私を避けた。一緒にいるとクラスメイトに弄られるからだ。

時には、私に敵意を剝き出しにしたり、虐めたりする『高橋』もいた。ちょっとしたトラウマだ。私は影の薄い方の『高橋』だったから、よく『二号』や『B』と呼ばれた。

「なるほど」と大きく頷いたタージは話を元に戻す。「『A』と『B』と言えば、入試選考方法にも『A方式』と『B方式』がありましたね。奏さんは私たち現役合格者よりも我慢強く受験勉強したんですよね？」

私は「まあ」と重たい言葉を喉の奥から押し出した。浪人中の息苦しい記憶が蘇ってくる。一年間深い海の底にいるような感じだった。『二度と太陽を拝めないのでは？』という絶望感や、世の中から置いてけぼりにされた孤独感に私は何度も窒息しかけた。思い出したくない一年間だ。私は人生を無駄にした。

「奏さんのひたむきさを見習いたいんです。この間、奏さんに言われて一晩かけて自分を見つめ直してみたんですけど、私、一つのことをずっと集中して続けられないんです。お恥ずかしい話ですが、勉強でも一時間以上は机に向かっていられないんです」

馬鹿(ばか)正直なだけで性格の捻(ね)じ曲がった子じゃない、という印象を持っていたが本当に負の感情がないのか疑いたくなる。一浪した私に面と向かって『大して勉強しなかったけど、現役で合格できた』と言っているようなものだ。

「よくそんなんで受かったわね」とついお返しとばかりに嫌味を吐く。「運も実力の内だったの？」

「持続力がないことは私の欠点なんですが、記憶するのは私に向いているんです。だいたい、一度で覚えられるんですよ」

そう言ってから、新歓コンパに参加していた人の学部と名前と生年月日と入学年月日を列挙していく。みんなの学生証を読み上げた時に、全部覚えていたのか。身勝手で思い込みの激しい人は自分に都合のいいことしか耳に入らなかったりする。必要のない情報をシャットアウトできるから、効率的に記憶できるのだろうか？

タージの頭の中がどうなっているのか想像もつかないけれど、普段は本能ばかり先行して脳味噌(のうみそ)を使っていなそうだ。きっと脳味噌が真(ま)っ新(さら)でほとんど未使用な状態なんだ。それなら吸収力が人並み以上でも不思議ではない。

羨(うらや)ましい能力だが、空気を読む力と引き換えにはしたくない。四年間ずっと周囲から腫れ物に触るように扱われるよりは、一浪した方がマシだ。タージのおかげで浪人のトラウマが少し癒えた気がした。

だからといって彼女に感謝などしない。同情もしない。私ははっきりと『この子は敵だ』と認識した。第一印象通りに気に入らない。第二印象で『無意識の悪魔』だと知っても、嫌いなものは嫌いだ。天然であろうとも、悪意がなかろうとも、私には合わない。

タージはある新入生の名前を挙げると、「このかたは、入会しないようですね」と残念がった。私のほかにもう一人いた一浪経験者だ。入会しないのはタージのせいだ。浪人したことを晒され、同じく一浪入学した私がタージを追い払ったことで脚光を浴びたから、肩身の狭い思いをしたのだ。

「奏さんも浪人仲間の戦友がいないのは寂しいですよね?」

「そうだね」と合わせたが、本当はなんともない。

私が浪人中に味わった屈辱は生半可なものではない。世界中から掻き集めた頭の悪さを扱き下ろす文句を、順々に耳元で罵られていっても心地良く聞こえる。そういう人としか私は傷口を舐め合えない。

「じゃ、一浪した人を勧誘して回りますか? 手伝いますよ」

ぶっ飛んだ提案に呆れ果てる。

「個人の意思を尊重しよう。だからあなたも自分の好きにすればいい」とタージの入会を受け入れた。「ただ、不向きなサークルに入って忍耐力をつけたいんだから、メンバーに頼っちゃ駄目よ。できることは一人でやる。いい？」

「はーい！」と大きく息を吐き出して感嘆する。「さすが、人生の先輩です。『獅子の子落とし』を実践できるなんて素敵すぎます！」

やっぱり合わない。私が『あんたの子守りはしないからね！』と布石を打った途端に、私を崖から子を突き落とす厳しくも愛のある親だと捉えた。人の気持ちが全然わかっていない。私はサークル内で自分がタージの保護者みたいなポジションになるのを回避したいのだ。

私が実践するのは『君子危うきに近寄らず』だ。彼女が起こすトラブルに巻き込まれるのも、その尻拭いをするのも勘弁だ。この子と関わったら、私の大学生活は台無しになる。タージはすでに大学内で嫌われ者の街道を驀進している。彼女の陰口は挨拶代わりと化し、耳にしない日はないくらいだ。

そんな人と一緒にいても一文にもならない。厄介者のタージの面倒をみたり、しつこく絡まれたりしていたら、みんなの私を見る目は変わるだろう。『類は友を呼ぶ』とタージの同類と認定されてしまう。可能な限り距離を空けたい。

陰口は人間関係を築く上で必要不可欠な潤滑油だ。悪口に乗っかることで意気投合し、簡易の友情を育める。話題がなくなった時にも、共通の敵を非難すれば会話が弾む。

うちのサークル内でタージは格好の標的だった。デリカシーと融通性に欠ける人間は叩き易い。彼女は思ったことをすぐに口に出し、相手の気持ちなど少しも配慮しない。その場の空気を凍り付かせ、みんなの顔をピクピクさせても、まるで意に介さない。正しく人間から忌み嫌われるモンスターだ。

せめて人付き合いを好まないタイプなら、被害が最小限に留まるのに、タージは積極的に人と関わろうとするから摩擦が生じる。社交性を身に付けていない人が誰彼かまわず話しかければ、必然的に『なんだ、こいつは？』と眉をひそめられるものだ。

みんなは天気や時事ネタなどの世間話をするようにタージの陰口を滑らかに叩く。私も彼女のことは嫌いだし、時々は仲間との結束力を高めるためにタージを悪者にするけれど、自ら進んでバッシングを扇動しないようにしていた。もっぱらうんうん頷いて同調するだけ。

みんなの前でタージを叩き過ぎると、『奏さんは私がいないところでは、私のことを悪く言っているんじゃ？』と不審がる人が出てくるかもしれない。また、周囲から『何様よ！』と反感を買われたくもないので、発言には慎重を期していた。

「今日のタージもヤバかったよね」

「そうそう」

「教授も顔を引き攣らせていたのにね」

「なんで毎回好き勝手に話して脱線しちゃうんだろ？」といつものように彼女の話で盛り上がる。

　商標登録制度についてのディスカッションで、ある学生が「男子ホッケーが先に『さむらいＪＡＰＡＮ』という愛称を商標登録しておきながら、日本野球機構が堂々と『侍ジャパン』のグッズを販売できるのはおかしいんじゃないか」と問題提起したら、タージが妙なことを言い出した。

　そういえば、『なでしこジャパン』もおかしいですね。女子サッカーの普及のために愛称をつけたんですよね。ほかのスポーツでも愛称が流行っています。女子バレーは『火の鳥ＮＩＰＰＯＮ』、男子バレーは『龍神ＮＩＰＰＯＮ』、競泳は『トビウオジャパン』、女子ラグビーは『サクラフィフティーン』、男子ラグビーは『ブレイブブロッサムズ』。ほかにもいっぱいありますね。

　でも男子サッカーが『サムライブルー』という愛称よりも『日本代表』と呼ばれることが多いのを、真っ先に正すべきじゃないんでしょうか？　どのスポーツも日本の代表ですよね。不公平です。だから男子サッカーを『日本代表』と呼ぶことを禁じれば、どの愛称ももっと認知され、発展していくんだと思います。

「あれはないよねー」

「趣旨がズレてるし」

「でもタージのおかげで授業の時間が潰れるのはありがたいかな」

「それは言える。どうせなら、初めから終わりまでタージ節で授業をぶっ壊してくれればいいのに」

みんな好き放題言って笑い合っている。ほとんど嘲笑だけれど、タージが話題の中心にいれば、世界は平和に回る。

「でもさ、あのオバサンも結構ヤバいよね」

「あー。歌子ね。あの人って二年？　三年？」

「二年生らしいよ。歳は五十になるとかならないとか」

「なんでその歳になって大学に通ってんだろ？」

「セレブなんじゃね？　金持ちの道楽で勉強し直しているんだよ。若い頃に抱いた弁護士の夢を諦めきれなくてってパターンじゃない？」

「セレブじゃないと思うな。だってノートがジャポニカ学習帳の『じゆうちょう』とか『さんすう』だよ。あれは絶対に子供が最後まで使い切れなかったのを貧乏ったらしく再利用している」

「自分の小学生時代に使っていたノートじゃないの？」

「だったら、ノートの表の名前を書き込むところに『歌子』ってシールを貼らないよ。

学年とクラスと名字は子供の書いた汚い字のままだけど、下の名前だけはシールで変更しているのよ」

「凄い！　よく気付いたね。探偵みたい」

「って先輩たちが教えてくれたの。先輩の話だと、喋りかけてもスゲー無愛想なんだって。授業中も発言はボソボソ声で何を言っているのかわかんないし」

「歌子はさ、教科書を捲る時、指に唾をつけるよね」

「そうそう。あれ、やめてほしい」

「香水がなんか線香臭いし」

「歌子って名前自体が黴臭くて堪らない。何時代の人って感じ」

「カツラもバレバレだし。私が高校の頃に使っていたウィッグをプレゼントしてあげようかな」

卑しい笑い声が起こる。

「知ってた？　顎の下にある黒子から毛が出ているんだよ。ビヨーンって」

「うっそー！　今度見てみる」

「ファッションも大注目でしょ」

「あれって何系なの？」

「浮浪者系じゃない？」

「紙一重だよね。いかにも『手作りです』的なニットや小物がめっちゃ汚らしく見える」

「手作りって言えば、お弁当を食べている時、ニタニタしているよね。気持ち悪いったらない」

「あれ、すっごい不気味」

「その辺にいる鳩とか捕まえておかずにしていても違和感ないよね」

「芋虫の唐揚げとかも入ってそう」

「絶対に高カロリーの物だよ。あの体形だもん」

「やっぱセレブで、フォアグラとか？」

「だから、セレブじゃないって」

「貧乏性なだけで、がっぽり貯め込んでいるかも。私大に通えるんだもの、ひもじい思いをしているわけないよ」

「今度、何食べているのか、そっと覗いて検証してみようよ」

「いいね。ついでに激写しちゃお……」

私は黙って聞き役に徹していたのだけれど、堪え難くなって「でもタージよりはずっといい。害はないんだから」と口を挟んだ。苛立ちがそのまま言葉に反映して口調が強くなってしまったようで、殺伐とした空気になる。

「そうですよね。タージよりは全然いいです」

「害はないから放っておけばいいんですよね」

「目上の人ですしね」

みんなは慌てて畏まる。私が急に大爆発を起こしたものだから、原因がわからずに揃って狼狽している。

ある子は「お弁当を持参している人のこと全般をけなしたわけじゃないんです。歌子のは怪しいけど、奏さんのお弁当は一口食べさせてほしいくらい羨ましいです。見た目が凄く美味しそうですし、凝ったウィンナーの飾り切りが毎回違うのは愛情を感じます」と必死に弁明した。

私がいつもランチに母の手作り弁当を食べているから、『気に障ったんじゃ？』と焦ったのだ。大学生にもなって弁当を持たされていることに少し居心地の悪さを感じるが、それほど気にしていない。

「タイムラグでタージのことが頭に来ちゃったの」と私は言って作り笑いを浮かべる。

「あの傍若無人ぶりが許せなくなって」

「わかります」

「本当にタージはひどいですよね」

「被害者の会を結成したいくらいです」

みんなの賛同を得た私は陣頭指揮を執ってタージの撲滅運動に乗り出す。サークル内で『タージを無視しよう』と働きかけて孤立させ、大学中に彼女の天然ゆえの過失を誇張して吹聴(ふいちょう)した。

タージには一人でぽつんとしている学生にガツガツ話しかける習性があるので、彼女と接触する機会のある人に『田嶋春とは関わらない方がいい』と圧力をかけた。その注意を与えた学生の中に、千晶もいた。

元から彼女はタージのことを疎(うと)ましく思っていた。私の警告に対して「私には友達はいないけど、田嶋さんと仲良くする気はありません」と力のない声で返した。千晶が孤独をアピールしたことで『同情を誘って私たちのグループに入ろうとしているのか?』と私は深読みした。

でも彼女はありのままの事実を言っただけだった。千晶は完全な孤独ではない。彼女には友達はいなかったけれど、曰(いわ)くつきの男がいた。その余裕が『友達ゼロ』を臆(おく)せずに言わせたのだ。

私が千晶の男のことを知ったのは二年生になってからだった。六月末、昼休みに血相を変えて廊下を走っている彼女を見かけた。私は図書室で予約していた本を受け取り、サークル仲間のいる学食へ向かおうとしているところだった。

ただならぬ予感に襲われて、千晶の背中を追いかける。彼女はトイレへ駆け込んだ。私も続いて入ろうとしたけれど、千晶がすぐに出てきて出入り口で鉢合わせになる。今にも泣き出しそうな顔をしていた。

何か辛いことがあってトイレの個室に逃げ込もうとしたのだ。だけどあいにく空いていなかった。千晶は再び駆け出そうとする。私は咄嗟に彼女の二の腕を摑んで引き止めた。

「どうしたの？　大丈夫？」

警戒心を抱かせないために包み込むような安心感を与える言い方をしたかった。でも息が上がっていたから捲し立てるみたいに言ってしまった。

浪人生活中に著しく体が鈍った。大学生になっても習慣的な運動をしていないので体力は衰えたままだ。四車線の横断歩道を駆け足で渡っただけで、肺が破裂しそうになる。

千晶は頭を左右に振る。走って乱れた髪が更にボサボサになる。

「安心して。私はあなたの味方よ」

私の慌ただしい話し方が悪いのか、彼女は押し黙ったまま。

「奏さん」と背後から声がかかる。「何しているんですか？」

反応して振り向いた隙に、千晶は私の手を振り解く。顔を伏せて「もう大丈夫ですから」と言い、その場をあとにする。

「あー。ちょっと具合が悪くなっちゃったみたいで。それで、ちょっと」とサークルの子に説明する。

その子は「そうなんですか」と同情的な声を出して千晶の背中に視線を送ったけれど、次の瞬間には明るい声になる。「早くランチを済ませないといい席がなくなっちゃいますよ」

三限目に取っている授業は月に一度現役の弁護士が特別講師として教壇に立つのだが、今日はテレビのバラエティー番組に出演しているイケメン弁護士の日だった。みんなこの日を心待ちにしていて、私も間近で見られるのを楽しみにしていた。

「ごめん。みんなに『先に行っていいよ』って伝えて。私の席は取っておかないでいいから」

そう言い残して千晶のあとを小走りで追った。再び彼女の二の腕を摑んで歩みを止める。

「本当に大丈夫？」と訊きながら彼女の顔を覗き込む。「余計なお節介なら私の目を見てはっきり言って」

千晶は少しだけ顎を上げ、私と目を合わせる。上下の唇の間が微(かす)かに開き、何かを言いかけるが声にならなかった。みるみるうちに円(つぶ)らな瞳が湿っていく。

「何があったの？」

「田嶋さんが……田嶋さんが……」と咽せて言葉が続かない。

異様なほど取り乱している。相当ショックなことをタージにされたようだ。瞬間的に『チャンスだ！』と感じた。千晶を思いやる気持ちは急速に薄まる。どうにか訊き出してタージの悪評を更新したくなったのだ。

私は千晶をベンチに座らせて、右手で彼女の手を握り、左手で背中を擦った。千晶が落ち着きを取り戻すタイミングを見計らって、「タージにひどいことをされたの？」と探った。

彼女は小さく頷く。

「何をされたの？」

「ここじゃ、話せません」

「じゃ、どこかお店へ行こう。私が奢るから」

「外は心配なので、私の家でいいですか？」

不穏な空気を察して心が竦んだ。軽い好奇心で首を突っ込んではいけない事柄のようだ。大学内の人だけではなく、店員や客にも聞かれたくない内容ってなんだ？　そんなにヤバいことなのか？

「いいよ」と私は腹を据えて踏み込む。

タージを蹴落とすためなら、たとえ火の中水の中、どんなことでも辛抱する覚悟がある。


私たちは授業をサボって千晶の家へ向かった。家に上がる時に、ボロボロのスニーカーが目に留まる。男物だ。同棲？　彼女の印象から乖離しているので困惑した。

「彼氏と暮らしているの？」と正面から訊いてみる。

家に招いたのだから、隠すつもりはないはずだ。

「ああ」と苦笑いする。「弟と暮らしているんです」

「年子？」

千晶は時々イントネーションが標準語から外れるので、地方出身であることが推し量られる。おそらく弟は進学のために姉から一年遅れで上京してきたのだろう。

「はい。本当は一人暮らしをしたいんですけど、仕送りがあまり多くなくて」とどことなく含みのある言い方をする。

それほど裕福な家じゃないようだ。マンションの外観は古めかしかったし、中も古びていて狭苦しい。間取りは2DKっぽい。千晶も私と同様に大学へ弁当を持参しているが、彼女は節約のためと思われる。

食卓に着くよう勧められ、千晶は「ごめんなさい。今、冷たい麦茶しかなくて」と謝りながら飲み物を出した。本当は温かいのがいい。私は母を真似て真夏でもホットドリンクを飲むことにしている。ダイエットのために。

「ありがとう」と言ってとりあえず一口飲む。

「奏さんは一人っ子？」

「わかる？」

「なんとなく」と言葉を濁す。

わがままそうに見えるのだろう。でもここで腹を立てていたら、タージに何をされたのか訊き出し難くなる。寛大ぶって距離を詰めるのが得策だ。千晶は弟との仲があまり良くなさそうだから、そこを切り口にしよう。

「うちは兄弟姉妹がいないけど、お母さんがとっても口煩いの。実家から通える距離だけど、私も親元を離れたい」と千晶に合わせて家族のことを愚痴る。

「そうなんですか」

「下手に栄養士の資格を持っているから、食事に細かいの。あれも食べろ、これも食べろって。自分はメタボのくせに」

入学前に私は大学に弁当を持っていくのを嫌がったけれど、『家族の健康を守るのが私の役目』と母は譲らなかった。自分の健康はどうした？　母の見苦しいお腹はビール好きに因るものだ。

一日三食、栄養バランスのいい食事を摂っても、飲酒過多で帳消しになる。むしろマイナスだ。それがわかっていて飲酒量を減らせない母はどうしようもない。そこのところだけは軽蔑(けいべつ)している。

　大学生になってビールを口にする機会が増え、以前ほどの苦手意識はなくなったが、それでもビールは母のメタボを連想させるので喉の通りが悪い。

「自分が体形で苦労しているから、奏さんには同じ思いをさせたくないんじゃないでしょうか？」と千晶は母の気持ちを慮(おもんぱか)る。

　確かに母は『飲酒は嗜(たしな)む程度にするのよ』と口を酸(す)っぱくして言っているが。

「そうかもしれないけど、デブのお母さんって恥ずかしいものよ。一緒に歩いているところを絶対に友達に見られたくないから、ＳＰ並に周囲を警戒しなくちゃならない」

　彼女は控え目な笑い声を漏らす。

「私のお母さんも授業参観で『あれ、うちの』ってクラスメイトに自慢できるような母親じゃないです」

「授業参観なんて年に一回の我慢でしょ。私はほぼ毎日だったの。お母さんが近所のスーパーで試食販売のパートをしていたから。晒し者よ。学校で『おまえの母親、昨日またウインナー焼いてたな。豚が豚を焼いてどうすんだよ』って男子にからかわれたこともある」

「家族って色々ありますよね」と千晶は当たり障りのない言葉を選ぶ。

「本当に。複雑に入り組んでいるものね」

　第一印象だけで決められるような単純な関係じゃない。日々の積み重ねだ。家族間の確執は生まれてからこれまでに起こったこと全てが要因になっている。良いことも悪いことも、根幹も枝葉も一つのピースでしかない。あらゆる事象が絡み合って確執は大木になる。

「私は弟と反りが合わないんです」

「言うことを聞かないの？」

「私がいけないんです。私も国立に受かっていたら、バラバラに暮らせたんだけど」

　弟は国立の大学生だけれど、姉は私大で学費がかかる。姉のせいで仕送りが少なくなって一緒に暮らすことになった、と弟は不満に思っているらしい。

「いいじゃない。私なんか一浪して親に迷惑をかけたんだから、それよりは断然いいよ。一浪すると生涯年収が一千万くらい違ってくるって言うし」

「実はですね」と言い難そうに切り出す。「私も一浪しているんです」

「マジで？　弟くんも私たちと同じ二年生ってこと？」

「はい。去年、二人揃って上京してきました」

　トラウマを刺激され、胸が苦しくなる。古傷が鈍く痛んだ。

「ごめんなさい。黙っていて」と千晶は体を縮こまらせて謝る。

私が初対面の時に堂々と一浪をカミングアウトしたから、後ろめたさを感じていたのだろう。

「いいの。隠したい気持ちはよくわかるから。ストレートで合格した人とはとうてい通じ合えないことよ。だから弟くんが理解できないのは無理もないね」

痛みが和らいでくると、次第に温かい気持ちが胸を愛撫する。千晶とならわかり合えるかもしれない。だけど傷を舐め合うことは無意味だ。何も解決しない。共感は行き止まりにぶち当たったような感情だ。先がない。私は停滞する。

しかし私がずっと求めていた感情だった。私が抱えているものは一浪くらいの経験では追っ付かない。二浪でも三浪でも足りないくらいだ。千晶のような身内に苦汁を嘗めさせられた人にしかわからない。私にとって彼女は打って付けの共感者だ。

「私、弟に嫉妬しているんです。自分より頭がいいから、姉の立場は形無し。きっと私のことを『一浪したのに、国立に受からなかったアホ』って見下している。そう思えちゃうんです。弟はなんとも思ってないかもしれないのに。私って嫌な姉なんです」

「私も一緒よ。親から『出来の悪い子』って目で見られているような気がしてならない。大学でもみんなの目が気になる。同学年から先輩扱いされているけど、『心の中ではちっとも慕っていなくて、逆に嘲っているんじゃないか？』っていう猜疑心に襲われることがある」

「奏さんでも？　本当ですか？」

「うん。私は強がっているだけで、ただの臆病者なの」

「なんか、安心しました」と穏やかな表情を顔いっぱいに広げる。

「私たちは似た者同士だし、同い年なんだから、敬語は禁止ね。これから下の名前で呼ぶから、千晶も私のことを『奏』って呼んで」

「うん」と返事してにっこり笑う。

「弟くんと暮らしているなら、手土産を持ってくるんだったな」

姉弟の間にどういうルールがあるかわからないけれど、弟は留守中に他人が家に上がったことを不愉快に思うかもしれない。

「手ぶらで問題なかったよ。私がピリピリしてきつく当たっていたら、弟は彼女の家に入り浸るようになったの。半同棲って言うのかな？　週に一度くらいしか帰ってこない。たいてい、土日に必要な物を取りにくるか、使わなくなった物を置きにくるか。弟にとってこの家はトランクルームみたいなもの」

千晶はやけに饒舌（じょうぜつ）だった。いつもは訛（なま）りを気にしているのか、言葉数が少ない。よっぽど弟のことが腹に据えかねていると見える。

「寂しくないの？」

「全然。帰ってきても、彼女の自慢しかしないのよ。私と比べて、『料理が上手』とか

『綺麗好き』とか『インテリアのセンスがいい』とか、私は家政婦じゃねーって感じ！　自分じゃカレーも作れないくせして、生意気にケチつけてん……」

私が堪えきれなくて出してしまった笑い声に彼女は反応し、言葉をストップさせた。

「ごめん。変な意味で笑ったんじゃないの。千晶がはきはき喋っているのが嬉しくなって。なんか微笑ましくて」

「私、典型的な内弁慶なの。威張れるのは家の中だけ。でも受験に失敗して、居場所がなくなった。ううん。自分で居場所を潰したの。弟はどんどん自分の居場所を広げていって、日に日に誂りが抜けていくのに、私は自分で自分を駄目にしているだけ」

悪循環だ。自分に対しての遣る瀬なさから八つ当たりしたら、弟は『姉貴なんていなくても平気だ』と言わんばかりに外の世界へ羽ばたいていった。本当は心の拠り所にしていたはずだ。素の自分を曝け出せる相手を失って千晶はますます停滞してしまったのだ。

「悔しくって、情けなくて、私は一発逆転を狙った。どうしても弟を見返したかったの」

「一発逆転って？」

「私も恋人を作ろうと思い立った。弟が敵わない男と付き合えれば、精神的に優位に立てると考えたの。陳腐な発想よね？」

「女って誰しもそういう見栄っ張りなところがあるものよ。ううん、女だけじゃない。男だっていい女を隣に歩かせれば、自分のステータスが上がると思ってる」

みんな『虎の威を借る狐』だ。少しでも自分を良く見せたくて、自慢できる恋人や友達を作ろうとする。特に私たちの年頃はその浅ましさが顕著だ。自分の隣を歩かせる人を内面よりも外見や肩書きを重視して選ぼうとする。

「私が弟に勝つために求めた男は、社会人だった。学生よりも経済力があるっていう安易さね。でも私なんかが捕まえられる社会人なんていない。出会いの機会もないしね」

さすがにマッチングアプリで見つけるのは抵抗があったのだろう。

「だから、既婚者で妥協した」

彼女はさらりと言ったが、私は引っ繰り返りそうになるほど驚いた。

「不倫ってことだよね？」

「うん。相手は大学の人なんだけど、迷惑がかかるからこれ以上は教えられない。ごめん」と決まりの悪そうな声で詫びる。

「いや、いいよ。でもなんで？」

いくら相手が見つからないからって、自分を安売りすることはない。結婚している男と恋愛しても、いいように弄ばれるだけなんじゃ？

「家庭のある人ならあんまり相手を選り好みしないかなって。『不倫する男は体目当てだ』ってどこかで聞いたから。私も本気じゃないし、軽い息抜きで浮気する既婚者は都合が良かったの」

自分の値打ちを上げるのが目的なら、既婚者に白羽の矢を立てたのは正解と言える。現に私はすっかり腰が引けてしまっている。恋愛偏差値の低い私にとって不倫経験者は雲の上の存在だけれど、数々の浮き名を流しているうちのサークルの『マドンナ先輩（蔑称）』でも一歩引いてしまうはずだ。

一発逆転のカードだ。学生には太刀打ちできない。『不潔！』と負け犬の遠吠えじみたことを言うのがやっとだ。大人でも恋愛の上級者じゃないと、歯が立たないかも。以前、中吊りに『オシャレ感覚で不倫自慢するＯＬ』という見出しがあった。大人にも通用するカードに違いない。

千晶は周囲に自慢してはいないみたいだ。口に出さなくても、『私は不倫している』という事実が彼女に自信を与える。弟の前でも、大学でも、『自分はみんなにはない武器を持っている』と優越感に浸れるのだ。

「私って本当に頭が足りない。悪いことをしている気なんて全然なかった。もし誰かに非難されたら、『旦那を寝取られるのは奥さんの責任』『不倫は恋愛の最上級。至上の愛を知らない可哀想な人たちはなんとでも喚いていればいい』って言い返すつもりでいた」

声の調子が弱々しくなり、センテンスごとの語尾が儚げに震える。今は非難されても言い返せないのだ。罪の意識が芽生えているのは、誰かに『それは悪いことだよ』と注意されたからか？

もしかしたら誰かに不倫を悟られてしまったのかもしれない。逼迫感が自責の念を引き摺り出した？　それで慌てふためいてトイレへ駆け込もうとしていたのか？　ということは、その『誰か』とはタージか！

「タージにバレたの？」

千晶はゆっくり頷き、「田嶋さんっておっとりしているように見えて、意外と観察力が鋭い人だったの」と白旗を掲げてことの経緯を説明しだした。

気の緩みから生じた小さな綻びがタージの目に入り、不倫を指摘された。すると、たちまち『言い触らされたらヤバい！』という危機感と共に罪悪感が押し寄せてきたそうだ。

千晶は涙ながらに私に向かって懺悔した。本当は奥さんに謝るべきところだ。厳しい見方をすれば、『身から出た錆』と冷笑することができる。必死に謝っているのは、『苦しい時の神頼み』のようなものだ。タージに見つかったことで、ようやく不倫の代償の大きさに気付き、慄いている。

想像力の欠如が招いた事態なのだから、今後のためにもきちんと罰を受けて自戒すればいい。そう突き放す人もいるだろうが、私は千晶の気持ちが痛いほどわかるから、見捨てられなかった。

私も彼女と同じ道を辿っていた可能性はあった。私は入学早々に偶然『姉御肌キャラ』を獲得したから、今の地位で得意な顔をしていられる。でも一歩踏み間違えたら私も『日陰者』だった。私と千晶の差はないに等しい。

そして私は何を差し置いてもタージと敵対する人を無条件に応援する。不倫のことをタージが大学で触れ回ったら、『悪行を見破った田嶋春のお手柄だ』と株が上がる。千晶がタージに代わって大学一の嫌われ者になるかもしれない。

最下位はタージでなければ困る。彼女は人からどう思われても気にしないのだから、ヒールの適任者だ。これまでタージがみんなの不満の捌け口になって秩序が保たれてきた。平穏なキャンパスライフを乱したくない。

「大丈夫だよ。もし大学でタージが言い触らしても、誰も簡単には信じない。あの子に味方はいない。もしタージが奥さんに密告しても、千晶は知らんぷりしていればいい」と私は助言した。「不倫相手に『証拠になる物は処分して』って伝えておくのよ」

私たちはアドレスを交換し、秘密裏に連絡を取り合った。千晶が自宅で不倫相手と秘め事をするように、私たちも彼女の家で密会を繰り返した。作戦会議や悪口大会をしていくうちに段々と互いに親しみを覚えていった。

私はそれまで以上に大学でタージ撲滅運動に力を入れた。時には『田嶋春がある教授とある学生の不倫を怪しんでいる』というようなデマを流し、『タージが根拠のないことを言ってやがる』とみんなを呆れさせた。布石だ。これで彼女が千晶の不倫を大学で暴露しても、大半の人は『またか。もううんざりだ』と相手にしない。

コツコツと予防線を張り続けたが、最も恐れていたことが起こった。千晶の告白から一ヶ月ほど経った頃、奥さんに不倫がバレた。初めはタージが密告したと思われたが、奥さんの女の勘に因るものだった。どうやら旦那の脇が甘かったようだ。

幸いなことに、奥さんに千晶を咎める意思はなく、今後のことは夫婦間で話し合われるそうだ。千晶が修羅場に巻き込まれなくて心の底からホッとした。でも彼女が蚊帳の外に置かれるのは納得ができなかった。

千晶は「いいのよ。単なる出来心だったんだから」と言っていたけれど、私はしばらくそのことを燻ぶらせていた。彼女の意思を少しも顧慮しないことが許せなかった。

奥さんに発覚して二週間が経った。昨日、千晶から〈明日の夜、彼と会って話をする。たぶん最後になると思う。〉というメールが届いたから、私は〈明日の夜は空けておく。何かあったら連絡してね。〉と返した。

そして今夜。予期していた通り千晶の家で深酒することになった。冷蔵庫にストックしていた缶ビールを私と千晶で次々に飲み干していく。元々は、不倫相手に振る舞うためのビールだった。

彼女は頻繁に家で逢い引きしていたから、ここかしこに男をもてなすためのアイテムがあった。あえて隠さないのは、弟に男の影を見せ付けるためだったのだろう。不倫相手と弟がばったり対面しても、既婚者であることを伏せておけば、『随分と年上の彼氏だな』くらいにしか思われない。

一度だけ、弟と不倫相手は顔を合わせたことがあるそうだ。千晶が自宅で夕食を振る舞っている最中に、雨に濡れた弟が予告なしに帰ってきた。恋人と喧嘩して半同棲していた家から追い出されたのだ。

千晶は『自分の家なんだから遠慮しなくていい』と言って弟を夕食の席に加えた。そして和やかに食事を終えると、『今夜はホテルに泊まるから』と言い残して不倫相手と一緒に家を出て行った。弟の目前でたっぷりとひけらかすことは、彼女が夢にまで見たシチュエーションだった。

「私たちは田嶋さんのことを誤解していた。なんにも考えていないように見えて、ちゃんと分別を弁えているみたい」と千晶はタージを持ち上げる。

「酔っているの？」

「まだほろ酔いよ」

「今後、タージが不倫のことを漏らさない保証はない。たまたまこれまで口外しなかっただけよ。千晶が弱みを握られていることに変わりはない」

「私もいつか田嶋さんから脅迫されるんじゃないかって怯（おび）えていた時があった。私に代わって奥さんと会ってくれたのはありがたかったけど、気持ちが落ち着くと『やっぱり田嶋さんが奥さんに密告したんじゃ？』『次は大学で広めるつもりかも？』って不安になった。あまりにも怖くて、奏のことを敵視していないか探りを入れてみたの」

「私のこと？」

「ほら、奏が田嶋さんを孤立させようと動いていたでしょ？　それが悟られていないか心配になって。疎外感（そがいかん）から自棄（やけ）を起こして私の不倫のことを大学で暴露しないか不安で。それで田嶋さんに訊いてみたの。『高橋さんのことをどう思っているの？』って少し遠回しに」

　大学には数人の『高橋』がいるが、タージが私に敵意を向けているなら、すぐに『奏さんのことですね』に考えが及ぶ。

「タージはなんて？」

「そしたら『どの高橋さんのことですか？　私の知る限りでは、この大学には教員と職員と学生を合わせて十五人の高橋さんがいます。知っていますか？　一位の佐藤と二位の鈴木と違って、三位の高橋は地名がルーツなんですよ』って」

「タージの真骨頂ね」

勘が鈍い上に、雑学を語る癖があるから話がスムーズに進まない。だからみんなにウザがられている。

「私が『小耳に挟んだだけなので、どの高橋さんかわからないんですけど、確か人望があってみんなから慕われている人だったような……』ってヒントを出したら、田嶋さんは『そのかたは尊敬してやまない人です！』って絶賛した」

「私を？」

「違うのよ。別の高橋さんのことだと勘違いした。『私たちの倍以上長く生きている大大大大先輩ですから、見習うべきところがいっぱいあります。勉学への取り組み方、家族への思いやり……あれ？　二つしか出てこない。ちょっと待ってください。今思い出しますから。そうそう、お弁当が力作なんです。毎朝家族の分も作るんですよ。一度でいいから、私の分も用意してほしいんですけどね』って暴走していったの」

「タージの相手をするのは不毛ね」

冷淡に言ったものの胸の内はざわついていた。

「確かに根気がいる。私は根負けして『その高橋さんじゃない。田嶋さんのことを悪く言っている人がいるみたいなんです。心当たりはありますか？』って大ヒントを出しちゃった」

「タージは鈍いから気付かなかったんでしょ？」と予想する。

「それが、田嶋さんは『奏さんのことですね』って言い当てたの。でも表情一つ変えなかったから、『気を悪くしてないの？』って訊いたら、『奏さんに良からぬ気持ちがないのは知っていますから。あのかたは大事な人を守ろうとして泣く泣く不本意な言葉を口にしているんですよ。誰もができることじゃありません。奇特なお人です。だから奏さんのことは温かい目で見てあげてください』って朗らかに言ったの」

「私がやっていたタージ撲滅運動がバレていたのね。露骨にやり過ぎちゃったかな。タージを憐れんで『高橋奏が悪い噂を流してる』って告げ口をした人がいてもおかしくない」と動じない素振りで言ったけれど、私の心はしっかり動揺していた。

「初め、田嶋さんが教えてくれた『大事な人』を自分だと思った。奏は私を守るために奔走していると信じていたから」

千晶が過去形を使ったことにギクリとする。心臓がぎこちない音を立てる。数秒後には壊れてしまいそうな不吉な音だ。

「全部友情のためって言ったら嘘になる。千晶のことを守りたい気持ちもあったけど、半分はタージを懲らしめるためでもあった」

「田嶋さんって本当に観察力が優れているの。視野が広くて、みんなのことを細かいところまでよく見ている。誰が何色の傘を持っているとか、誰々は学食で同じメニューばかり食べているとか、誰々のお弁当に入っているおかずは美味しそうとか」

「空気を読む力はゼロだけどね」とおちゃらけて話の方向を変えようともがく。

しかし底の浅い策だった。

「高橋歌子さんって奏のお母さんなんでしょ？」

ついに見破られてしまった。いや、タージはとっくに気がついていた。新歓コンパの席で彼女が『誰かに似ている気がするんですよね』と首を捻ったのは、すでに母と面識があったからだ。私の名字を知った時には、『ひょっとして？』と勘付いていたはずだ。

現役合格を目指している時、模擬テストの点数が思うように伸びなくて、受験勉強に嫌気が差した。母から「今回のことは気にしないで、また頑張ればいいじゃない」と慰められても、反発するだけだった。

「簡単に言わないでよ。私、頑張った。色んなことを我慢して勉強した。なのに、結果が出なかった。応援しているだけでいいお母さんには私の気持ちなんてわかりっこない。結局は、高卒と専門学校卒の両親から生まれた子供なんだから、どんなに勉強しても無駄なのよ」

自暴自棄になった私を見かねた母は「私も同じ大学を受ける」と言い出した。入試まで半年もなかったけれど、売り言葉に買い言葉の勢いで受験戦争に名乗りを上げたのだ。

母は家事やパートの合間を縫って勉学に励んだ。私を奮起させるのが目的だったが、数十年振りの勉強は脳を刺激し、溢(あふ)れんばかりの学習意欲を引き出した。学ぶ楽しさに陶酔した母は「もし受かったら、ヘソクリで進学するから」と息巻き、受験勉強にのめり込んでいった。

母は易々(やすやす)と私の志望校に受かった。合格発表の掲示板の前で私は言葉を失う。高校一年の冬から勉強していたのに……。母もなんて言葉をかけたらいいのかわからずに立ち尽くす。私の番号はなかった。

滑り止めは受かっていたけれど、私は浪人することを選んだ。どうしても入りたい。ずっと憧(あこが)れていた大学だった。ここで諦めたら、この先の私の人生は後ろ向きなものになってしまう気がした。何よりも母に軽々と追い抜かれた屈辱は、私も同じ大学に合格しないことには晴れない。必ず母のところまで這(は)い上がってやる。

母は迷った末に、大学へ通うことを決意した。更なる学習意欲に駆り立てられていたのだ。母が遠慮がちに「勉強したいから大学へ行っていい？」と訊いた時、私は意地悪なことを言った。

「いいけど、来年は絶対に受かる。でもお母さんと親子であることを隠したいから、秘密にして。声質や喋り方でバレないように、お母さんは大学で人との接触をできるだけ避けて。勉強したくて通うんだから、友達ができなくてもいいでしょ。もういい歳なんだし」と。

私の母は並んで歩くのを拒みたくなるタイプの親だ。服装や髪型のセンス、バランスの悪いメイク、醜い体形、笑い上戸（じょうご）、品のない冗談、何もかもが私を赤面させる。人としては好きだし、尊敬している面もあるけれど、家の外では慕うことはできない。

母は私の出した条件を受け入れて五十歳の新入生になり、私は『負けてなんかいられない！』と発憤して死に物狂いで受験勉強に打ち込んだ。その甲斐あって母から一年遅れで志望校へ入学できた。だけど達成感を一通り噛（か）み締めると、あとに残ったのは敗北感だけだった。

私は三年以上もかかったのに、母は僅（わず）か半年足らずでパスした。それはどうやっても覆（くつがえ）らない現実だ。志望校よりも難関の国立を受験するべきだった。そこに合格していれば劣等感を払拭（ふっしょく）できたのだが、国立は受験科目が増えるから回避した。落ちたら格好がつかない。私は戦わずして逃げたのだ。

親子で同じ大学へ通うことは、母へのコンプレックスとは別の問題を生じさせた。私たちの名字がありふれていて、顔が酷似していないことも手伝って、親子であることは露見しなかった。ところが母は大学で浮いた存在になっていた。

私の条件を忠実に守っていた母は、話しかけられても無愛想でゴニョゴニョとしか喋らないので、みんなから気味悪がられていた。構内で母を見かけた時、蔑（さげす）んだ目を母に向けている人たちが散見された。陰口を叩いている人もいた。

私は取り返しのつかないことを母にしてしまった。自分だけが不合格になった遣り切れなさから、母が大学生活を楽しむことが許せなかった。なんて心の狭さだ。落ちたのは自分のせいなのに。

どうにかしなくちゃ。なんとかしてみんなの母への誤解をときたい。でも親子であることは内緒のままにもしたい。自分勝手なのは重々承知だけれど、恥ずかしいものは恥ずかしい。

罪悪感と自己保身の板挟みにあっている最中に、新歓コンパでタージと一悶着（ひともんちゃく）を起こしたら、私と彼女の立ち位置が決まった。姉御肌キャラに戸惑いつつも、なんとかうまく立ち回れるようになった頃に、ふと悪魔が耳元で囁（ささや）く。タージ一人が嫌われ役を引き受ければいいんだ。

みんなの注目をタージに集めることで、母への嫌悪感を薄められる。多少の心苦しさはあったが、彼女は母と違って性格に難があるから、私が裏で謀（はかりごと）を巡らせなくても遅かれ早かれ疎外されるはずだ。自分にそう言い聞かせて、タージバッシングを断行した。母の悪口を耳にする度に、彼女への風当たりを強めていった。

私は「田嶋春に話しかけられたら、素っ気なくして。あの子と仲良くすると、ろくな目に遭わないから。あと、弁当の中身が見えないような食べ方をして。無表情で食べて」と母に指示した。

母は「田嶋ちゃんはいい子そうに見えるんだけど……」と躊躇いながらも、私に従った。タージに冷たくし、弁当箱を体で隠すみたいにして昼食を摂るようになった。

母はパートで覚えたウィンナーの飾り切りをおかずにすることが多い。薔薇(ばら)や蟹(かに)や象や鮫(さめ)などの凝りに凝った飾り切りで私の目を喜ばせてくれる。弁当箱を開けた直後に、思わず頬が綻んでしまうこともある。

母もランチの際に『我ながらよく出来た』とほくそ笑むことがあった。母にとって大学での小さな楽しみだ。唯一(ゆいいつ)の楽しみと言っても差し支えない。それなのに私は母から小さな笑顔さえも奪ったのだった。

私が裏でこそこそと動いて覆(おお)い隠そうとしていたことは、いとも容易(たやす)くタージに見破られていた。とうの昔に気付いていたのだ。新歓コンパから入会手続きをするまでの一週間ほどの間に、私たちが親子である確信を得ていたと思われる。

タージは学食の隅でひっそりと食べている母に「ご一緒させてください」と声をかけた日に、私が仲間とワイワイとランチを摂っている姿も目に入れていたのだろう。二つの弁当に入っているおかずがそっくりだったことに気がつき、『そうか！　親子なんだ！』と手を叩いたに違いない。

千晶はタージの発言から私に疑惑の目を向けた。タージの目線から見れば、私の言動の裏側には高橋歌子が隠れていることがわかる。秘密にしている理由は考えるまでもないことだ。

私は観念して千晶に全てを包み隠さずに白状した。

「私は自分とお母さんのことを守ろうとしてタージを悪役にしようとした。千晶を助けたのも、そのため。不倫を見抜いたタージの評価が上がったら、お母さんが大学内のカーストで最下位に転落するおそれがあった」

「不倫している私の評判が急落して、私が最下位になるのも都合が悪かった？」と千晶は突っ込んで訊いてくる。

「そう。最下位は不動が好ましかった。ころころ変わると、いつかお母さんに回ってくる可能性がある。ごめん。友達ヅラしていて」

謝っても許されることじゃないのはわかっていた。でも私には謝ることしかできない。許されることを目的とした謝罪や、その場を一時的に収めるための謝罪以外の『ごめん』にどんな意味があるのかわからない。

許してもらえなくても、詫びを入れたという事実を作って少しでも心を楽にしたいのか？　違う。もっと単純なことだ。私は自分が本当に悪いことをしたと思っているから謝っているんだ。

くちゃ」

「謝る相手を間違ってるよ。私じゃない」と穏やかに言う。「まず、お母さんに謝らなくちゃ」

「うん。だけど千晶にもひどいことをした」

「確かに利用されたのはショックだったけど、それでも私は友達だと思ってる」

「こんな私のことを？」

「トイレの前で私を慰めてくれたのは、打算じゃなかったでしょ？」

「いや、あれは千晶が『田嶋さんが……』って言葉を詰まらせたからで、相談に乗ったらタージの弱点を知れるかもって考えて」

「よく思い出して。奏は私が田嶋さんの名前を出す前から、私に優しい言葉をかけた。息を切らしてまで追いかけて心配してくれた」

じっくり記憶を遡ってみる。確か、あの時は……私は学食へ向かっていて、廊下を走っている千晶が目に飛び込んできた。不意に『何か大変なことが起こったのかも？』と胸騒ぎがして、気がつくと無我夢中で彼女のあとを追いかけていた。

「でも打算もなかったけど、特に深い意味もなかった」

「それって特に私だから心配したわけじゃないってことよね？」

返事し辛い。あの時は千晶のことなんかどうでもいい存在だった、と認めるようなものだ。でも拙い無言は肯定と変わらない。私が適当な言葉を探している間に、彼女に私の意思は伝わった。

「いいのよ。『千晶だから心配で堪らなくなった』というう特別感がなかったってことは、奏は誰に対しても優しくできる人だってことでしょ。奏はなんでもない私に優しくした。楽しみにしていた授業をサボってまで。だから私は『この人と友達になりたい』って強く思ったの。そうでなければ、不倫のことを打ち明けていない」

私の目は驚きのあまりしばらく千晶の顔に釘付けになる。穴が空いてしまいそうなほど凝視した。

「あの時点で、打ち明ける前から、私のことを信用してくれていたの？」

「そう。いくらパニクっていたからって、それほど親しくない人に不倫の相談をするのは不用心でしょ？」

「でも私に幻滅してないの？」

「それはこっちのセリフよ。つまらない理由から不倫していた私みたいな女でよければ、改めて友達になってほしい。駄目かな？」

こんな私のことを受け入れてくれるなんて、嬉しくて心が小刻みに揺れ動く。その振動が体の隅々にまで伝わると、顔中の穴から温かい液体がドッと溢れ出す。

浪人したことでずっと人生を悲観していた。余計な回り道をして人生を無駄にしてしまった、と。だけど遠回りしたからこそ見える風景もある。見つかるものがある。私は千晶と出会えたことに全身全霊で感謝した。一浪していなければ、彼女と心を通い合わせることはできなかった。周回遅れが引き合わせてくれた出会いだ。

「千晶がいい。千晶じゃなきゃ嫌だ。友達になってください」と私は喚くようにして頼む。

「敬語は禁止って言ったくせに」

彼女はニコッとする。私も口を大きく開けて笑う。しょっぱい味がした。千晶が箱ティッシュを手渡してくれた。私は耳障りな音を立てて鼻をかみ、涙を拭う。

「田嶋さんって不思議な人ね」と彼女はしみじみ言う。「やることなすことに一貫性がないように見えて、ちゃんと筋が通っている。デリカシーの欠片(かけら)もなくて人の気持ちを簡単に踏み潰すのに、その人が本当に大切にしていることに関しては誰よりも尊重する」

それでタージは千晶の不倫のことも、私たちが親子であることも秘密にしてくれたのか？　理解に苦しむ。自分の悪評を流されているのに、『奏さんは大事な人を守ろうとしている奇特なお人です』と朗らかに言える人がどこにいる？　少なくとも私にはできない。だから『何か魂胆があるんじゃ？』と疑わずにいられない。

「危機察知能力がずば抜けて高いんじゃないのかな」と私なりにタージを分析する。

「人それぞれが引いている『ここから先は踏み越えないで！』ってギリギリのラインだ

けは自然とわかっちゃうから、あんな調子でも大怪我しないのかも」

「貴重な人なのかもね」

「そうね。だけど、危険な人でもある。だって、相手の弱点が本能的にわかるってことだから。敵に回したら厄介よ。急所を一突きするも、じわじわ突っついてくるも、タージの自由」

いつ心変わりして私に牙を剝くか気が気でない。

「田嶋さんはそういうことはしないよ」

「絶対とは言い切れないよ。特に私は千晶と違って、タージに恨みを買ってもおかしくないことをしていたんだから」

私利私欲のためにタージをスケープゴートにする、という最低な行為をしていた。彼女が私を嫌悪していないはずがない。

「絶対だよ。田嶋さんは人を憎まないから」

そんな人はいないよ、と思った。でも口から出た言葉は「そっか」だった。心にすっと溶け込んだ。あり得ないことだけれど、タージならあり得る。

タージは人を憎まない。そう考えれば、彼女の言動は全部すんなり合点がいく。一桁の足し算と同じくらいの簡単さですら理解できた。単純なことだった。

「とってもシンプルな人だったのね」と私は脱力した声を出す。

「そう。私たちが難しく考え過ぎていたの」

「私なんかじゃ相手にならないわけだ」

「何人がかりで束になっても無駄なのよ。田嶋さんは誰のことも敵と思わないから」

千晶の言う通りだ。私たちは闘う相手を間違えていた。

「なんだか私たちの方が馬鹿みたい」

「同感ね」

「それでもやっぱり友達にはしたくないけど」

「それも同感」

二人で笑い合う。

「タージにも謝らなくちゃ」と私は償うことを決意する。

「私は弟に謝る。あと、奥さんに謝りに行こうと思う」

「大丈夫？」

「大丈夫じゃないけど、けじめを付けないと、先に進めない」

間違ったことをしたら謝る。当たり前のことだ。その当たり前のことを疎かにしているから、停滞するのだ。怖い相手や、自分に都合の悪いことは謝らないで逃げる方が簡単だ。でも難しいことを避けていたら、簡単なことしかできない人間になってしまう。

タージとは友達にはなりたくないし、彼女を真似るのは面白くない。だけど簡単な人間になるのはもっと嫌だから、タージに倣(なら)おう。険しい道の先にある暖かな日差しを求めて。

「タージへの罪滅ぼしが済んだら、お母さんと一緒に弁当を食べる」と私は高らかに宣言した。

第四章　八方美人なストライクゾーン

学食でイベント系サークル『N・A・O』のメンバー数人と昼食を摂っている最中に、「宮崎さん、ちょっといいですか？」と横から話しかけられた。俺は「ん？」と声のした方に顔を向ける。野球愛好会『TOUCH』の子だ。確か、名前は長谷部真代。俺より一つ下の二年生だ。

「あの、一対一でお話したいことがあります」

声の調子が気持ち外れている。緊張しているようだ。周囲が「モテる男は辛いな」「罪な男だ」などと囃し立てたから、彼女の表情は一層厳しくなった。毎度のことだが、男どもの下品さと思慮のなさには閉口する。

女の子が深刻な顔をして男に『二人きりで話がしたい』と望むのは、愛の告白をする時だけとは限らない。固定観念に囚われると人生の可能性を狭めることになる。

真代はお互いのサークルを掛け持ちしている人たちのことで、会長の俺に相談しに来たのだろう。向こうの会長が出てこないのは、女の子の方がスムーズに話し合いが運ぶと思ってのことか？

　俺が女好きであることは広く知られている。フェミニストと評する人もいれば、女たらしと蔑む人もいるが、基本的には女の子を敬っている。泣かせるような真似は決してしない。

　俺は「いいよ」と席を外し、中庭へ移動する。もじもじしながら隣を歩く真代に俺の食指が動く。こういう男慣れしていない子は俺のタイプだ。彼女は華のない容姿に加えて化粧っ気もなく、面白みのない服を着ている。お洒落にはあまり興味がないらしい。

　俺には『隣にいい女を歩かせたい』という欲求はない。ただ可愛いだけの子にはもう飽きたし、痛い目にも遭って懲りている。コンプレックスを抱えている女の子の方がいい。可愛い子にはない味わい深さがある。

「あのですね」と真代はベンチに座ると、ぎこちなく切り出す。「そちらの『N・A・O』の人たちが最近、私たちのサークルに入ってきたんです。七人も」

「うちは掛け持ちを禁止してないからね」

「私たちも禁止していません」

「なら、何も問題ないんじゃ？」

「それがですね、素行に少しだけ問題がありまして……。うちは大人しい人たちばかりなので、馬が合わないと言うか……」

野球経験者が多い『N・A・O』は頻繁に草野球の試合を企画し、ほかのイベント系サークルと対戦している。でも野球馬鹿（ばか）の七人はそれだけでは飽き足らず、更に野球をする機会を求めた。彼らが目を付けたのが『TOUCH』だ。

真代たちのサークルは六大学野球とプロ野球の観戦を活動の中心に据えつつ、草野球を行っている。メンバーは未経験者がほとんどだから下手くそばかりだ。うちの七人が『TOUCH』に入会してレギュラーを奪い取り、やりたい放題に振る舞っていることは俺の耳にも届いていた。

七人が我が物顔で『TOUCH』の部室を溜（た）まり場にしているのは、『N・A・O』に部室がないからでもある。うちの大学は歴史が浅くてチャラいサークルには部室を割り当てない。

真面目（まじめ）な活動を行っているサークルを優遇するのは当然だ。『N・A・O』のような創部十年に満たない遊び目的のサークルに部室を充（あ）てがったら、不謹慎なことに利用する輩（やから）があとを絶たないだろう。

「気のせいじゃないのか？　ああ見えてあいつらは人見知りするタイプなんだよ。チャラチャラしているから誤解するのも無理ないけど、野球に対しては真剣だ。見た目や先入観だけであいつらを判断しないでほしいな」

「宮崎さんが会長として仲間を庇（かば）いたい気持ちはわかりますが、あの人たちの横暴さは目に余るものがあるんです」

　やっぱり知らぬ存ぜぬで押し通せないか。真代は『会長なんだから、メンバーの手綱をしっかり引いて！』と訴えに来たのだ。

「あいつらが真代ちゃんのサークルの方針に従わないなら、追い出せばいい。それはそっちの問題で、俺には関係のないことじゃないの？」

「そうなんですけど……」と俯いて黙り込む。

　俺は弱った顔を作り、しばし気まずい空気を堪能する。俺には困っている子をもっと困らせたくなる性がある。ヒーロー願望のようなもので、ちょっとだけヒロインのピンチを楽しみたい。助けられる側だって、土壇場で救われる方が刺激的なはずだ。

　悪趣味なことは自覚している。『サディスト！』と罵られても否定はしない。だけど人は持って生まれた性には抗えない。だから俺は自分の悪癖と上手に付き合おうと努力している。できる限り人に迷惑をかけないこと、迷惑と感じさせないよううまく嘘をつくことを心掛けている。

「あいつらに『新入りらしくしろ』って注意しておくよ」と救いの手を差し伸べる。

「あの、試合をしませんか？」

「試合って野球の？」

　突然の申し込みにやや戸惑った。

「はい。それで、もし私たちのサークルが勝ったら、あの人たちに退会してほしいんです」

「そっちはあの七人を抜きにして戦うんだよな?」

「あの人たちは『N・A・O』のチームで構いません」

不可解だ。新入りの七人にサークルを乗っ取られようとしている『TOUCH』が、威信を懸けて野球の勝負を挑むのは不自然じゃない。でもすでに七人にレギュラーを奪われているのだから、実力差ははっきりしている。試合をしても結果は見えているはずじゃないか?

「こっちも勝った時の特典が欲しい。でないと、ほかの奴らが乗り気にならない」

「何が欲しいんですか?」

「『TOUCH』の部室。うちは大所帯だから、みんなでミーティングする時なんかは場所がなくて苦労しているんだ」

あの七人はよく『部室があると便利だぜ』と自慢するから、サークル内で『部室が欲しい』という欲求が高まっている。俺に『会長、大学に掛け合って』と要求してくる人も何人かいた。

「いいですよ」

「本当に?」

彼女が二つ返事でOKしたから驚きを隠せなかった。

「はい。こちらだけに勝った時の特典があるのは、不公平ですから」

「真代ちゃんにそういう権限はあるの？」

「大丈夫です。うちの会長から一任されています」

「いいの？　負けたらずっと部室が使えなくなるんだよ」と念を押す。

「問題ありません。部室はあの人たちに実効支配されているようなものなので、譲り渡しても大きな損失にはなりません」

もっともな意見だ。このままあいつらが『TOUCH』を私物化し続ければ、元々のメンバーはげんなりして次々に退会する可能性が高い。ただ手を拱いていても『TOUCH』は崩壊する。それなら破れかぶれで勝負をふっかけ、一縷の望みに縋る方がいい。

きっとあの七人は所かまわず、『N・A・O』にも部室があったらいいのにな、という雑談をしていたのだろう。それを耳にしていた『TOUCH』のメンバーは、試合を申し込んだら俺たちが部室を欲しがることを想定していたのだ。

「こっちは俺の一存では決められない。だから少し時間をくれ」

「わかりました」

「みんなの意見をまとめたら、連絡するよ。連絡先を教えてくれないか？」

そう言って俺はスマホを出す。真代もスマホを手にし、LINEの友達登録をした。

「うちが勝ったら、俺とデートしてくれる?」

彼女は数秒固まったあと、「それでは、よろしくお願いします」と忙しなく頭を下げ、逃げるようにして小走りで去った。またしても意地の悪いことをしてしまった。反省もしたが、可愛い反応が見られたことに満足もした。

ああいう子とデートしたら楽しそうだな。でもたとえデートの特典を付けてくれたとしても、試合はできない。真代には申し訳ないが、サークルのみんなと相談する気はない。無下に断るのが心苦しかったから、『みんなで話し合ったんだけど』という前置きを作ることにした。

彼女の話はなんかきな臭い。筋は通っているのだけれど、あまりにも出来すぎた話は怪しい。俺の辞書に載っている『ハイリターン』には、『裏に罠がある』という意味もある。ババを摑まされないためには、疑り深くならなければならない。

勝ち目のない戦いを挑むほど『TOUCH』はアホの集まりか? 運や偶然だけでは勝てないことくらいはわかっているはずだ。無謀な勝負をすることに違和感を禁じ得ない。『TOUCH』には秘策があり、勝てる見込みがあるから勝負を申し込んだ、と考えるのが妥当だ。

おそらく人脈を駆使してピッチャーの助っ人を用意しているのだろう。野球は九割がたピッチャーで勝敗が決まる。弱小高校が飛び抜けたエース一人で大会を勝ち進むことはよくある。

もし『ＴＯＵＣＨ』の助っ人が強豪校でピッチャーをやっていた人や、高校卒業後も本格的に野球をしている人なら、『Ｎ・Ａ・Ｏ』を零封することは難しくない。

憶測の域は出ないが、危ない橋は渡れない。試合に勝って部室が手に入れば、『Ｎ・Ａ・Ｏ』内の反野球派はあの七人をいくらか好意的な目で見るようになる。しかし負けた時には失うものが大きい。

試合に敗れてあの七人が『ＴＯＵＣＨ』から追い出されたら、『Ｎ・Ａ・Ｏ』の女子たちが困ることになる。最悪の場合、サークルが分裂してしまうかもしれないのだ。

正式には『National Association of…』というのがサークル名だ。『…』は伏字の『○○』のようなもので、活動内容に沿った言葉をその都度入れる。旅行、スポーツ、ボランティア、飲み会、ギネス記録挑戦などなど。

どんな活動をするかは、会長と副会長が決める。メンバーからアイデアを募り、トップ二人が吟味する。うまいこと採用されれば、自分のやりたいことがなんだってできる。

周囲からは『チャラい』『節操がない』と見なされているが、俺のような飽きっぽい人間にはもってこいのサークルだ。

ただ、俺が二年生に上がった頃から、草野球の試合をすることが多くなった。経験者の一年生がたくさん入ってきたからだ。サークル名の入ったユニフォームを作り、月に二、三回くらいのペースで、他所のサークルと河川敷のグラウンドで試合をした。

俺たちの代にも三年生にも野球に精通している人が数人いたので、練習をしなくても四球やエラーの少ない締まった試合を行えた。サークル内で唯一の甲子園出場経験者だった俺は即戦力として活躍した。

でも甲子園のことは秘密にしている。全国大会に進めなかった人たちには自慢話にしか聞こえないから。『一回戦負けだし、出場できたのは先輩のおかげで、俺は控えピッチャーだった』と事実を嘘偽りなく言っても、角が立つだろう。

不思議なもので、出場を果たせなかった人は度々『あと一歩で甲子園に行けた』という類の話をしたがる。お酒が入ると、必ず同じ思い出話をする先輩もいた。その話を聞くのはもう五回目だよ、と思いながらも俺は「へー、凄い。惜しかったですね」と相槌を打つ。少々の誇張は会話の味つけだ。詳細を訊かずに褒めれば場が明るくなる。

しかしサークル内に会話のキャッチボールを楽しむ気がまるでない子がいる。みんなから『タージ』と呼ばれている天然娘だ。ある野球経験者が「タージは何か部活やってた？」と質問したら、こっ酷い目に遭わされたことがあった。

「俺は野球部だったんだけど、あとちょっとで甲子園に出れたんだよ」

「高校野球は何人までベンチ入りできるんですか？」とタージは興味津々な顔で訊ねる。

「二十人だけど、それがどうかした？」

「四十七都道府県の地方大会の決勝で散った人が、えーと、単純計算で……九百四十人いるわけですね。春夏を合わせたら倍の……千八百八十人。確か百年くらい続く大会でしたよね？　なら、これまで十八万人以上が『あとちょっと』だったわけですね。凄いです。そんなにいっぱいの高校球児が涙を呑んだと思うと、胸に熱いものが込み上げてきます」

「昔は、参加校が少なかったと思うけど。春と夏の大会じゃ出場枠は違うし、戦争で中止になっていたことも……」

「ところで『あとちょっと』というのはどれくらいですか？　地方大会の決勝で惜しくもサヨナラ負けをしたんですか？　センパイはレギュラーだったんですか？　甲子園常連校だったんですか？　激戦の都道府県の高校だったんですか？」とタージは矢継ぎ早に質問して相手を黙らせた。

　そいつの言う『あとちょっと』は地方大会の準々決勝だ。詳しい数はわからないが、その程度の『あとちょっと』の奴は百万人以上いるだろう。しかもそいつは常連校と対戦してコールド負けを喫した。

　タージは俺に甲子園の出場経験があることを耳にしても、『何万人のうちの一人ですね』と言ってのけそうだ。恥をかかされるだけだ。何があっても甲子園のことは口外しないぞ、と肝に銘じた。

一度タージの口が開くと暴言のオンパレードだ。遠慮のない質問。ぶしつけな忠告。生真面目すぎる発言。思ったことをそのまま言葉にするから、いざこざが絶えない。『タージのないところに煙は立たぬ』と囁かれるほどのトラブルメーカーだ。

ある時には、俺の前任者である八代会長に草野球のことで直談判し、『N・A・O』を震撼させた。

「あの、最初は新鮮に感じて面白かったんですけど、さすがに飽きてきました。第一、観戦は六大学野球やプロ野球で充分に間に合っています。センパイがたよりも何倍も質の高いプレイを見せてくれますから。また、センパイがたが日頃から練習に打ち込んでいれば応援し甲斐があるのですが、遊びでやっている人たちに『頑張れ！』と大声を出すのは虚しいです。ですから、草野球ばかり行うのをやめてください」

八代会長は「うちは基本的には自由参加だ。興味のないイベントには無理に参加しなくていい。草野球の参加者や観戦者が減ってきたら、みんなが関心を持てるイベントに変更するよ」とタージを斥けた。

実際は、草野球は未経験者や女子には不人気で、時々『もう野球はいいよ』『つまんないからほかのサークルでやって』『野球好きの八代会長を更迭したい』『観ているだけじゃ退屈』『普段は日焼けを気にしているくせに』などの否定的な声が漏れ聞こえてきた。

　でも野球派はサークル内で最も勢力が強いので、表立って楯突けない。自由参加は建前に過ぎず、半強制的に参加させられている。だから反野球派は「また横暴なことを言ってる」「八代会長もいい迷惑だよね」「本当に空気が読めないいんだから」とタージを批判するしかなかった。

　その後も野球派は反野球派の冷たい視線を浴びながら試合を楽しんだ。鈍い人は女の子たちが嫌々観戦していることを察しない。『女子にアピールするチャンスだ！』と張り切る人もいた。俺は笑顔を控えつつ、先輩たちに取り入るために勝利に貢献するよう努めた。

　ある程度予期していたことだけれど、三年生の先輩が就活に専念するためにサークルから退くと、厳正なる投票の結果、俺が会長に選ばれた。集団のボスになるのは慣れていたから、特別に気負うことはなかった。

　人の上に立ちたいと望んだことは一度もない。自分では普通に振る舞っているつもりなのだが、気付くと祭り上げられている。顔が整っていて、勉強も運動もクラスで上位、弁が立ち、なんでも器用にできれば、必然的に人から慕われるのだろう。俺は『自分はそういう星回り』と受け止めている。

　俺がほかの候補者に大差で勝てたのは、野球派の皮算用があったからだ。経験者の宮崎が会長になったら引き続き定期的に草野球ができる、と思い描いて俺に投票した。一方で反野球派は目ぼしい対抗馬がいなかったので、経験者でもフェミニストを売りにしている宮崎なら折衷案を講じてくれるはず、と期待して俺に票を入れた。

会長に就任するや否や、反野球派から「草野球の回数を減らして」とクレームが寄せられた。ジレンマに陥った俺は「来年度まで待ってくれ」と先送りにし、その間に野球派を「可愛い新入生を勧誘するために、前期は草野球を控えよう。野球を毛嫌いする女子もいるから」と説得し、一ヶ月に一回のペースにした。

しかし野球派のフラストレーションは日毎に溜まっていった。元々、高校時代に部活をやっていた連中だから、体を動かすことが習慣化している。じっとしていると禁断症状が出てくる。

有り余ったエネルギーを女の子に傾けている俺はストレスを感じないけれど、野球馬鹿たちは未だに白球に未練タラタラ。発散する場を求めた野球派の主要メンバーは、『TOUCH』と掛け持ちをするようになった。

うちの大学には野球関連のサークルが二十ほどあるのだが、二極化している。腕に覚えのある熟練者が集まり、大会で好成績を収めようとするサークルと、テニスやスノボなどほかのスポーツを取り入れ、『野球一辺倒じゃないよ』とアピールして女子の獲得に躍起になっているサークル。

例外は『TOUCH』だけ。実力も女子の人気もない。野球好きのオタクが内々で盛り上がっている閉鎖的なサークルなので、メンバーは十数人ほどと少ない。初心者が多く、経験者でも軟式ボールを使う中学の部活までで、高校では野球を断念した人ばかり。掛け持ちをしている連中の話では、高校で硬式野球部に入っていたのは会長だけらしい。

　つまりは、『下手の横好き』の集まりだ。才能がなくて野球を続けられなかった人、野球をしたくても『自分みたいな運動音痴には無理だ』と最初から諦めた人、硬球が怖くて逃げ出した人が肩を寄せ合っているサークルだ。

　真代はマネージャーではなく、選手として草野球に参加している。おおかた、中学や高校に女子野球部がなくて渋々ソフトボール部かほかの運動部で我慢した、という口だろう。彼女はサークル内ではお姫様扱いされているそうだ。

　真代を含め、メンバーは内向的な人だらけ。だからうちのサークルの連中が「俺たちも交ぜてよ」と入会した瞬間から『TOUCH』を牛耳れた。

　個人としては、蹂躙された『TOUCH』を気の毒に思うが、『N・A・O』の会長としては、他所でガス抜きしてくれるのはありがたい、と奨励している。あの七人が『TOUCH』で発散してくれるなら、今後も草野球の回数を増やさなくてもいいかもしれない。

　そういう皮算用を胸に秘めているから、真代の味方にはなれないのだ。試合の申し込みを受ければ、交渉人を任された彼女の顔が立つだろうが、自分のところのサークルの安寧が最優先事項だ。

できることなら全ての女の子の味方でいたい。でも俺には会長としての立場がある。取捨選択をしなくてはならない。ほかのサークルの子が一人と、自分のサークルの子たちが大勢、どちらを切り捨てる？

頭を悩ます必要のないことだ。裏がありそうな勝負を受けて、『N・A・O』の平和を乱すわけにはいかない。甘い話に乗っかるのは危険だ。

真代が去ってすぐに「相変わらずモテモテね」と奏が現れる。連絡先の交換をしているところを見ていたようだ。

「よう」と俺は手を挙げて挨拶する。「本命は奏だけど、いつもつれないからほかの女の子に慰めてもらっているんだよ」

「はいはい」と軽くあしらって俺の隣に座る。

奏は『N・A・O』のメンバーだ。一浪した二年生だが、同学年からの信頼が厚く、三年生にリーダーシップのある女子がいないこともあり、彼女が事実上の女子のボスになっている。男子に睨みを利かせられるほどの威厳があるので、俺もタメロを許している。

俺は少し緊張して身構える。また『もっと草野球の回数を減らして』と言いに来たのか？　奏は反野球派を代表してしょっちゅう注文をつける。俺と奏は派閥が違うから、足並みが揃わないことが多い。各々守らなければならない仲間がいる。

「昨日、一年の下柳にコンビニに買い物に行ってもらったんだけどさ」と世間話で空気を和ませてみる。「俺が『熱々のカレーまんを一つ』って頼んだら、電子レンジでチンしたカレーパンを買ってきた」

「聞き間違えたのね」

「似ている言葉だけど、普通さ、『熱々の』って言われたらカレーまんだろ。俺は『カレーまんをジュースやアイスと一緒の袋に入れるなよ』って注意を促すために、『熱々の』を付けたのにさ」

「下柳くんは近所にコンビニがない田舎で育ったからよ」と世間知らずの後輩を擁護しながらクスッと笑った。

「あいつの田舎じゃ、カレーまんや肉まんは冬の食べ物ってことらしい。だから『九月下旬にカレーまんを食べるはずがない』って決めてかかった。まあ、そんなに目くじらを立てることじゃないから、『視野を広く持て。自分の基準がどこでも通用すると思うな』って先輩らしく説いておいたよ」

「宮崎くんは男にも優しいのね」

「博愛主義って言ってくれないか」

「私にも優しくしてほしいんだけど」

奏が俺に甘えるなんて珍しい。緊張感が高まる。

「なんか困っているのか？」

「タージのことなんだけどね」

「また、なんかやらかしたのか？」

なんだ、タージか。俺は安堵して警戒を緩めた。

「あの子は真っ直ぐ過ぎるだけで、根はいい子なの。だからタージを除け者にするのをやめて、みんなで仲良くしたい」と奏は人が変わったみたいなことを言い出した。

「じゃ、俺は男子に『もう邪険にするな』って働きかけるよ」

「えっ！」

俺がすぐに彼女の意を酌んで協力を申し出たことに、集団無視の首謀者だった奏はひどく取り乱した。以前、彼女は『タージと関わるとろくなことがないから、みんなで無視しよう』と俺に男子への根回しを求めた。サークル内でタージを孤立させようとしたのだ。

女子の目にはタージが『ぶりっ子』『実は計算』『キモい』と映るらしい。人騒がせな子ではあるが、俺には悪い子に見えない。でも彼女を庇うと女子みんなを敵に回しかねなかったので、奏に同調せざるを得なかった。

「どうして理由を訊かないの？」

『女心と秋の空』って言葉があるくらいだからな。いちいち詮索するのは野暮だ。それに俺たちくらいの歳になると、『あれは間違いでした。ごめんなさい』と取り下げるのって簡単にできることじゃない。奏がそれなりの覚悟を持ってここへ来たのがわかっているから、わざわざ訊く必要はないよ」

「なんで宮崎くんがモテモテなのか、その理由が少しわかったような気がする」

「もっとわかりたいなら、今度サシで飲みに行く？」

奏はガードが固い。男っ気はなく、恋の噂を聞かない。恋愛に比重を置いていない子も俺のストライクゾーン。彼女が誰にも見せていない女の顔を見てみたい、と好奇心がくすぐられる。

「そういう軽いノリは前の会長と一緒ね」

「俺は八代先輩の足元にも及ばないよ」

彼の経験値にはとうてい敵わない。

「確かに『女たらし』っていう括りは同じでも、八代先輩は手当たり次第に食い散らかす野蛮人で、宮崎くんは紳士だものね」

「そこは男としての魅力の違いってことにしておこう」と八代先輩をフォローする。

「それはそうと、女たらしじゃないと『N・A・O』の会長になれないのかしら？」

『N・A・O』の悪しき伝統は俺で打ち止めだ。次の会長は奏で文句なしだから」

「野球派は黙ってないんじゃない？」

「大丈夫さ。野球馬鹿たちは他所でガス抜きしてる」

「どうだか？」と言って冷ややかな目を俺に向ける。「とりあえず、タージの汚名をすすいだら、私の奢りで飲みに行こう。私は女子に働きかけるから、男子の方はよろしくね」

「おう。任せろ」

　奏とタージがどういう経緯で和解したか不明だが、みんなが仲良くするのは歓迎すべきことだ。そういうことになら協力は惜しまない。

「そうだ、後期になってからまだ菅野くんを見てないんだけど、学校に来ているの？」

「なんかさ、ボランティア活動に嵌まっちゃって休みがちなんだよ。NGOみたいな団体に入っているんだって」

「それって変な宗教とかじゃないよね？」

「俺も怪しんでいたところだ。今度、菅野にじっくり訊いてみようと思う」

　梅雨あたりから菅野の様子がおかしい。急に余所余所しくなり、サークル仲間との付き合いを避けている。

「うん。それがいいよ。もし私の力が……」

「お邪魔してもよろしいですか？」と後方からの声が奏の言葉に被さってきた。

俺たちはシンクロして振り向く。タージがいた。奏の表情が固まり、俺の心臓が滑稽な弾み方をした。いつから背後にいた？

「よっ、どうした？」と俺は動揺を抑えて訊ねる。

「前会長を見かけませんでしたか？」

「いや、今日は見てない」

「私も」と奏も続く。

八代先輩になんの用だ？　サークル内で冷遇されているタージに絡まれた時、みんなは『会長か副会長に言って』と回避する。現会長の俺が子守り役の一番手になっているのだが。

「じゃ、代わりにセンパイでいいです。お訊きしたいことがありまして」

仕方ないか、という諦めが漂っていた。不思議なもので、二番手扱いされると面白くない。

「今日は入れ食いね。次から次へと女の子が宮崎くんのところにやって来る」と奏は言って立ち上がった。「そんじゃ、私はこれで」

タージは奏と取って代わるみたいにしてベンチに腰を下ろした。俺は気を引き締め直して「で、何？」と訊いた。奏に協力することを約束したから今後は平等に接するが、タージがトラブルメーカーであることに変わりはない。不用心に近付くと大火傷(おおやけど)する危険性を孕(はら)んでいるので、油断はできない。

「先日、一日のうちに同じ知り合いのかたとばったり三回会ったんです。電車内で、道端で、家の近所で。それって運命ですか？」

「そいつとはどういう関係？」

「バイト先のセンパイです」

「観覧車の？」

彼女は遊園地で観覧車のスタッフのアルバイトをしている。

「はい。『沢亮介(さわりようすけ)』というかたで、ちょくちょく『奇遇ですね』ということがあるんです」

「ばったり出会うことがよくあるのか？　バイト先以外の場所で？」

「センパイと一日に三回会ったのはこの間が初めてだったんですけど、出くわすことが多いんです」

タージはどの上級生も『センパイ』と呼んでいるが、バイト先でも差別化していないようだ。ごちゃごちゃするから『沢センパイ』と言ってほしい。

「向こうはそのことをどう思っているんだ？」

「センパイは会う度に『僕たちは縁があるみたいだね』と感慨深げに言っています。三回会った時は、『三度も重なったら、もう運命かも』と興奮気味に言っていました」

ひょっとしてストーカーなんじゃ？　タージの見た目は悪くない。相手を選ばずに積極的に話しかけるから、自惚れ屋が『あれ？　僕に気があるのか？』と勘違いすることは充分に起こり得る。

「そいつってどんな奴？　学生？」

「フリーターです」

「最終学歴は？」

人の良し悪しは必ずしも偏差値で決まるものじゃない。ただし、その人の向上心や目的意識の高さを測る物差しにはなる。

「高卒ですけど、本当は大学へ進学するつもりだったそうです。家庭の事情に因って断念するほかなかったんです」

「それって経済的な事情？」

「精神的なものです。お父さんが自宅のガレージで排ガス自殺をしてしまって、センパイは進学どころではなくなったんです」

「へー」となんか引っかかって同情心が湧いてこない。「辛い過去を人に話せるんだから、もう気持ちの切り替えができているみたいだな」

いつも頓珍漢なことを言っているタージに打ち明け話をしてなんになる？　一般的に男女が深刻な話をする場合は、親密な関係になっている時か、特別な関係になりたい時だ。

「時折、陰鬱なものを感じますが、しっかり自分の足で立っています。天晴なものです」

　ただの根暗なんじゃないか？　どうもその男は胡散臭い。自分の不幸自慢をする奴は信用ならない。

「立ち直ったのにフリーターをやっているのは、学費でも貯めているのか？」と探っていく。

「惜しいです。フリーターをしているのは、ローンを払っているからです。どうしてもすぐにお金が必要だったんですよ」

「ローンってなんの？」

「センパイはお父さんが自殺に使った車を買い戻したんです。お母さんが売りに出したんですけど、センパイにとっては家族の思い出が詰まった大切な車だったので、捜し出したんですよ」

　タージは甚く感心しているようだが、俺にはお涙ちょうだいの作り話にしか聞こえない。

「そういう車って廃車にするものだと思っていたよ」

「どうしてですか？　交通事故を起こした車じゃないのでブーンブーン走れますよ」

「気味が悪くないか？　運転中にバックミラーに幽霊が映るかもしれないぜ」

きっとそういう訳あり中古車は『訳』を隠して売っているのだろう。明かしていたら買い手はつき難(にく)い。

「幽霊なんてそんなに怖くないですよ」

「タージは心霊ものを信じない方？」

「目撃証言や体験談を否定することはできません。私は霊感がないので見たことはないのですが、『存在する』と主張する人がいるなら実在するのかもしれません。世の中には科学では解き明かせないことがあります。私も神様の存在なら感じられますし、バイト先の観覧車さんには生命が宿っているように思えます」

話がどんどん本筋から離れていく。

「幽霊を怖いとは思わないのか？」

「実在したらゾッとしますね。でも年によっては、販売台数よりもリコール台数の方が多いこともある車という乗り物には、危険は付き物です。死んでしまうこともあります。その危険の方がよっぽど怖いです」

時々リコール率の高さやリコール隠しが新聞やテレビを賑(にぎ)わすことがあるけれど、

『車に乗るのは命懸け』という主張は極端だ。

「だから私が中古車を買うことになったら、『この車は自殺に使われたのかな？』よりも『この車はメーカーが欠陥品であることを隠していないかな？』の方を気にします」

「話が飛躍してないか？　そんなことを言い出したら誰も車に乗れないよ」

疑り深い俺でもそこまでは勘繰らない。タージは純朴そうに見えるが、本当は猜疑心（さいぎしん）の塊なのか？

「天地が引っ繰り返るようなことが起こらない限り、私たち家族は車に乗りません」

「親の方針？」

「はい。どうしても車に乗らなければならない時は、『不具合に因る事故で死ぬかもしれない』と腹を括ります」

タージが変わり者なのは親の影響のようだ。いつだったか、『どちらの親もセンセーをやっています』と言っていたな。俺の中学や高校にも風変わりな教師が一人か二人はいたから、『教師のくせに我が子をまともに教育できないのか』という気持ちはない。

「じゃ、うちに車がないんだ？」

「はい。東京は交通網が発達していますので、自家用車がなくても不便なことはありません」

確かにな。俺は免許を持っているが、大人の嗜み（たしな）として取得しただけで、車に必要性を感じていない。駐車場、維持費、メンテナンス、渋滞、保険。煩わしいことばかりだから、特別にマイカーを欲しいとは思わない。

　車を持っていないとモテない、という考えは一昔前のものだ。なくても女に不自由していない。かえって車があると飲酒できないので、女の子を落とすチャンスが減る。アルコールの力を借りてデート相手のガードを緩めることも、『終電なくなっちゃったね』というシチュエーションを作ることもできない。遠出をする際は、オヤジの車かレンタカーを借りればいい。

「個人的には、利便性と引き換えに健康被害と環境問題に目を瞑ろう、という人にも地球にも優しくない考えには賛同しかねます」と熱弁をふるって両頬を膨らませる。

「文句は先人に言ってくれ」

「未来の子供たちに綺麗な地球を残そう、という精神がセンパイにはないんですか？」

　本当に面倒な奴だ。問題意識だけはやたらと高いくせして、コミュニケーション能力は低い。自分勝手に喋り捲るからちっとも話が進まない。この子と仲良くするのは至難の業だ。奏が集団無視を扇動しなくても、自然と孤立しただろう。

「あるよ。もちろんある」と調子を合わせる。

「私たちに売り付けようとしているんですから、若者が『車が安全な乗り物とは限らない』という厳しい目を持たなければならないんです。事故に遭ってからでは遅いんです」

タージは地球に優しくない乗り物を作っているメーカーのことを全面的に信用していない。だから『ドライバーの安全を軽視して、欠陥品を押し売りすることもある』という疑念に取り憑かれているのだ。

「わかったよ。厳しくチェックする」と折れてから軌道修正をする。「話を戻すけど、沢さんは車のローンを払うために、どうしてもお金が必要でフリーターをしているってことなんだよな？」

「そうです」

どうも解せない。お金が目的ならもっと割のいいアルバイトをすればいい。引っ越し屋とか、深夜のコンビニとか。沢さんの人となりを知らないから、話を聞いているだけだと嘘に思えてならない。

父親が亡くなったことは本当だとしても、フリーターをしている言い訳に使ったんじゃないのか？　空気の読めないタージはズケズケと質問をすることがあるから、『なんでフリーターなんですか？』と踏み込んだ可能性は高い。

不幸話で憐れみを誘おうとした沢さんは彼女に死因や自殺方法を訊ねられ、咄嗟に『排ガス自殺』と答えた。そうしたら喪が明けてからの学習意欲を問われ、あたふたと嘘の上塗りをした。本人は自殺と車の買い戻しとアルバイトをうまくこじつけられたと思っているのかもしれないが、そんな嘘で騙せるのはタージくらいだ。

「沢さんってどういう感じの人？　歳は？　バイト仲間と円満に働いてる？」

「センパイは二十一歳です。寡黙な人なので、あまりみんなとじゃれ合いません」

やはり根暗のようだ。

「彼女はいる？」

「恋人の話は聞いたことがありません」

「なんか趣味はあるの？」

「そういえば、コスプレという趣味は何が楽しいのでしょうか？」

「沢さんにコスプレの趣味があるのか？」

「誰がそんなことを言いました？　私には草野球の試合をするセンパイがたがユニフォームを着ることが奇妙に感じるのです。あれもコスプレですよね？」

遊びで野球をやっている人たちはコスプレと変わりません、という嫌味に聞こえなくもない。狙って言っているのか？　段々と性格の捩れた子に思えてきた。

「自分がなりたい職業や、好きなスポーツや、なりきりたいアニメキャラの衣装に身を包むと、テンションが上がるものなんだよ。タージは何かしてみたい格好はない？」

「うーん……」と腕を組み、眉間に悩ましげな線を集める。「お化け屋敷で働きたくなったことはあるんですが……」

　一分ほど彼女は考えに沈んだ。

「ないなら、無理に絞り出さないでいいよ。もうじき昼休みが終わっちゃうし」

「そうですね……」と言いながらも苦悶に満ちた顔を持続させる。

「沢さんはどんな趣味があるんだ？　一般的な趣味じゃなくてもいいんだよ。多様性の時代なんだから、マニアックなものでも趣味は趣味だ」

「強いて言うならヴァンパイアですが」と急に早口になる。

　残りの時間を気にして？　前の話題を蒸し返したから慌てて答えたのか？

「あー。いいと思うよ。そういう趣向もアリ」

　ヴァンパイアでもなんでも好きな仮装をすればいい。俺は両腕をクロスさせて吸血鬼が嫌がる十字架を作った。でもタージは無反応。首を傾げるだけで俺のおふざけに乗らない。

　恥ずかしさを胸に隠して「沢さんは休みの日は何をしているの？」と訊く。

「週末はあちらこちらの草野球の試合に呼ばれています」

「うまいの？」

　どうせ『もう少しで甲子園に出場できた』などとお約束の見栄を張っているのだろう。

「『うまい』という形容は適していません。趣味と言うには本格的すぎるのです。私、センパイに『野球に興味があるなら観においでよ。今までとは違う視点で試合観戦をす負けでした」


る方法を授けてあげる』と誘われて、何度か観に行ったことがあるんですけど、プロ顔
　タージはずっと早口を続けている。時間を節約しようとする気遣いは嬉しいが、彼女は少し滑舌が悪いから聞き取り辛い。

「そんなに？」

「はい。私はセンパイに野球の奥深さを教わりました。本当に複雑なスポーツなんですね。将棋のような駆け引きがありながら、スピーディーな試合展開に固唾を呑まずにはいられません。ですが、それも全て、あれほどのややこしいルールを熟知し、際どいプレイを的確にジャッジできるアンパイアがいてこそのスポーツです。アンパイアの人知れない苦労を想像すると、もう言葉になりません」

「そうだな」と同意しておく。

　また脱線したけれど言葉にならないなら、これ以上審判の話は続かないはず。

「絵画で喩えるなら、アンパイアは額縁のような存在です。どんなに芸術的な絵でも額縁とマッチしなければ、美しさが損なわれてしまいますよね？　選手のプレイを引き立たせ、試合を適切に引き締めるアンパイアには足を向けて寝られないです」

　充分に言葉にしているぞ！　そう突っ込みたかったが、更に話が脱線していきそうなので文句を呑み込み、「沢さんのポジはどこ？」と話題を変える。

「センパイのポジティブなところですか……」

　また眉間に皺を寄せて悩む。

「あー、ごめん。ポジションの『ポジ』だ」

「『ポジ』って言い方をするんですね」とふむふむ頷く。

「沢さんの定位置はどこなんだ？」

「花形のポジを任されることが多いのですが、どこでもできるそうですよ。内野のポジも外野のポジも。センパイはたった一人でも試合を支配できます。この間の試合は、片方のチームが五つもデッドボールを出した乱闘寸前の荒れたゲームだったのですが、センパイは冷静沈着に試合を作り、ピシャリとまとめたんです。ポール際ギリギリに飛び込んだサヨナラホームランも、センパイでなければ簡単にホームランにすることはできなかったと思います。ボールが止まって見えたそうです」

　打ってよし投げてよしだから、あちらこちらのチームから引っ張りだこなのだ。

「沢さんの出身校を知ってる？」

　タージはプロ予備軍と言われる関西の甲子園常連校を口にした。野球推薦で親元を離れて関西の学校へ通うことになったのか？　それとも関西出身だったが、父親が亡くなって母親の故郷である東京へ引っ越してきたのか？

「高校時代は『キャプ』という愛称で慕われていたそうです」

エースでキャプテンか。非の打ちどころがない。正しく野球エリートだ。タージが根掘り葉掘り問い質しても、綺麗な経歴しか出てこなかったのだろう。

「プロになる気はないの？」

「私も何回か勧めたんですけど、その度に明言を避けられてしまいました」

「勿体ないな」

プロに見劣りしない力があるなら、宝の持ち腐れだ。

「アマとは違って肉体的にも精神的にも厳しい世界ですから、心の傷が癒えていないセンパイにはまだ早いのかもしれません。完治するのを静かに見守りましょう。きっと復活したら自らプロを目指しますよ」

「そうだな。まだ二十一歳なら焦る必要は……」と言いかけている途中で、みんなが幸せになれる名案が降ってきた。「沢さんに『力を貸してくれ』って頼めないか？　今度野球愛好会『ＴＯＵＣＨ』と試合をするんだけど、うちのサークルの存続を懸けた大事な戦いになるんだ」

前会長に『センパイがたの草野球はレベルが低くてつまらない』というような意見をぶつけたタージが、沢さんを『プロ顔負け』と断言するのだから、腕前は間違いない。

仮に『ＴＯＵＣＨ』の助っ人が沢さんと同等の力だったとしても、ほかの選手は中学レベルだから、うちの方に分がある。向こうが助っ人を数人用意していたら、クレームをつけて試合を中止にすればいい。

「負けたら『N・A・O』がなくなっちゃうんですか？」とタージは絶叫に近い驚き方をする。

「なくなりはしないが、もう草野球ができなくなる。『TOUCH』は俺たちが野球サークルじゃないのに、草野球ばかりするのを『下手くそのくせして生意気だ。試合に負けたら、二度と野球をするな』って因縁をつけてきたんだ」

「それは由々しき事態ですね」

「うちはメンバーのみんながみんな野球好きじゃない。でも好きな連中は下手なりに熱心に白球を追いかけている。恥ずかしいから隠しているけど、陰で必死に練習しているんだ。その情熱を奪う権利は誰にもないはずだ」

　タージは正義感が人一倍強いから『TOUCH』を悪者にしないと、部外者に助っ人を頼むことを卑怯な手と捉えかねない。

「尊厳を懸けた戦いなんですね。わかりました。そういう試合こそセンパイの出番です。培った技術を存分に発揮してくれるはずです。私が責任を持ってセンパイに助力を求めますので、任せてください」

　うまくいきそうだ。試合の申し込みを受ければ真代の顔を立てられる。試合に勝ったら反野球派は部室が手に入ったことで野球馬鹿たちを見直すし、あの七人は今のまま掛け持ちを続けられる。

　そして勝利の立役者である沢さんを引っ張ってきたタージはみんなから感謝される。それをきっかけにして俺が男子に、奏が女子に一気に働きかければ、打ち解け合える。いいこと尽くめだ。


　タージは有言実行し、翌日に「センパイと約束を取り付けました」と俺に報告した。サークルメンバーがいるところで話し出したので、俺は彼女の腕を掴んで中庭へ連行する。


　逆らわずに引っ張られたタージにどぎまぎしている様子はない。きっと俺を異性として意識していないのだろう。少なくとも俺は彼女に魅力を感じていない。俺の辞書には『面倒くさい女』も載っているが、意味は『恋人にする対象じゃない』しかない。

　並んでベンチに座ると、タージは「どうしたんですか？」と不思議がった。

「沢さんのことはみんなへのサプライズにしたいんだ」

　どこからか漏れて『ＴＯＵＣＨ』の誰かの耳に入るかもしれない。

「なるほど。内緒にしておいた方が、びっくり仰天が増しますよね。そういうことでしたら、何があっても口を割らないよう頑張ります」

「よろしくな」

「あっ！　いけません。さっき、長谷部さんにお会いしたのですが、センパイを試合に呼んだことを話してしまいました」

「マジ？　真代ちゃんに話したの？」

「はい。『私の顔馴染みのかたに依頼しましたから、もしそちらに用意している人がいましたら、無駄足になってしまいます』って注意しました」

タージは『ＴＯＵＣＨ』が助っ人を隠していることを知っていたのか？　どうやって知り得た？

「なんで向こうも用意しているってわかった？」

「見くびらないでください」と胸を張って言う。「私たちのサークルで何度草野球をしたと思っているんですか？　どういう流れで試合が執り行われるのかわかっています。私の目は節穴じゃないんですよ」

彼女は『Ｎ・Ａ・Ｏ』に入るまでは野球とは無縁だったが、『食わず嫌いは良くない』をモットーにして、サークルの草野球を進んで受け入れた。ルールブックを熟読して知識を深めたり、プロや六大学の野球観戦をして目を養ったりした。

おそらくほかのサークルが行っている草野球の試合にも足を運んだことがあるのだろう。『ＴＯＵＣＨ』のプレイも目にしたことがあり、その実力を把握していたに違いない。

ってタージは最初から俺の『下手くそ呼ばわりされ、因縁をつけられた』という嘘を見破っていたのか。じゃ、なんで俺のことを嫌悪しなかったんだ？　彼女は悪を許さないはずじゃ？

答えは一つしかない。タージも俺と同じように格下の『TOUCH』が勝負を挑んできたことに違和感を抱き、強力な助っ人を準備していることに考えが至ったからだ。『目には目を歯には歯を』で対抗するのは、彼女にとって正義のようだ。

それにしてもタージがそこまで頭が回るとは驚きだ。天然娘じゃないのか？　サークルの女子たちは『あれは計算よ』と訝しんでいるが……。

計算なら奏はタージに騙されていることになる。彼女はうまいこと奏に取り入った？　まさかな。強かな子には見えない。今回は偶然勘付いただけだ。誰だって直感が働く時はある。

「沢さんがうちの学生じゃないことも話したのか？」

「はい」

「向こうはなんか文句を言ってきたか？」

「何も」

これで確定だ。『TOUCH』も部外者の助っ人を用意している。自分たちも不正を犯すから非難できない。

「沢さんがどの程度の熟練者か話した？」

「『名のあるところできちんとした指導を受けたかたです』と伝えました」

「それでも相手は了承したんだよな？」

「はい」

自分たちの助っ人によほど自信があるらしい。タージが『沢さんはプロ顔負けの腕前です』とは言わなかったから余裕綽々なのだ。

「そうです、そうです」と思い出したように言う。「長谷部さんから試合の日時について伝言を預かっていました」

タージは日時の候補を三つ挙げ、俺は沢さんのアルバイトのシフトを彼女に確かめてから、再来週の日曜の二時を選んだ。本来は河川敷でバーベキューをする予定になっていたが、草野球に変更することは可能だ。『部室が手に入るかも？』をちらつかせれば、反野球派も腹の底から応援するはずだ。

「では、早速伝えてきますね」とタージは立ち上がり、勢いよく駆け出した。

呼び止めようとしたけれど、俺の声は届かずに行ってしまった。率先して伝書鳩になろうとする心意気は買う。でも交渉は会長の役目だ。真代のように会長から任されているなら問題ないが、下っ端がしゃしゃり出ると話がまとまり難くなることもある。

きっと妙な損得勘定はないのだろう。空回りしているだけのように思える。客観的な視点で過去を振り返ってみると、いつもタージは一生懸命にサークルに尽くそうとしていたような……。

前会長へ『草野球ばかり行うのをやめてください』と進言したのも、見方を変えればサークル全体のことを案じて直訴したと捉えられる。俺はみんなに流されて、偏見の目で彼女を見ていたのかもしれない。

八代会長に「興味のないイベントには無理に参加しなくていい」と適当にやり過ごされても、タージはめげなかった。何を思ったのか、次の試合からスコアブックをつけだした。遊びの野球だから必要ないし、誰もお願いしていない。

彼女は六試合ほど黙々とスコアブックに書き込み続けると、データをレポートにまとめて選手たちに配った。誰々は得点圏にランナーがいる場合に打率が極端に下がる。誰々はサードの守備を得意にしているが、セカンドではエラーが目に付く。誰々は初球打ちすると凡打になりがち。誰々のピッチングは三イニング目から球の勢いが増す。などなど。

よく研究したたな、と俺は目を見張ったけれど、ほかの人たちは「余計なお世話だ」「差し出がましい」「そこまでマジじゃないし」と鬱陶しがった。みんな斜め読みしただけでごみ箱へぶん投げた。

俺を含め、遊びで野球をする連中は挫折組だ。短所を改善できない自分に見切りをつけて高校野球から先のレベルへ進むのを諦めた。だから短所を指摘されたくない。不愉快な気分になる。脱落者の屈辱を思い起こさせるのだ。

誰もタージのアドバイスを聞き入れなかったけれど、彼女はそれでも挫けなかった。次の試合からは自発的に一塁の塁審を務めるようになった。オーバーな身振りでジャッジする。両腕を大きく広げて「セーフ!」と、親指を立てた拳を高らかに挙げて「アウト!」と楽しげにコールした。

草野球だから審判は球審一人でどうにか賄える。キャッチャーの後ろに立ってピッチャーの投げたボールがストライクゾーンを通過したか否かをジャッジするのが主な役目だ。一応、公正を期すために、どちらのチームにも所属していない野球経験者に頼んで審判をしてもらっているが、球審の目の届かない際どいプレイは選手の自己申告に委ねている。

ライン際に落ちたボールがフェアか、ファウルか? タッチプレイの際に、滑り込んだランナーの足が先にベースに着いたか、守備の選手が先にランナーの体にタッチしたか? 公式戦じゃないので良心に従うことは難しくないし、女子の目があるからスポーツマンシップに則る。

ただ、球審にとっては塁審がいてくれると助かる。特に一塁は内野ゴロの微妙な判定をすることが多い。だから塁審が一塁ベースの間近で『ランナーの足とファーストへの送球、どっちが速かったか？』を見極めてくれれば誤審は少なくなる。内野ゴロのアウトかセーフかの判断くらいなら素人（しろうと）でもできる。

無駄に正義感が強く、空気を読めないタージが贔屓（ひいき）のジャッジをすることはない。適任と言っていい。でも嫌われ者が積極性を前面に出すと、白けた目を向けられる。男子は公然と嫌な顔をし、彼女がやることなすことにいちゃもんをつける女子は「目立ちたがり」「いい子ぶりっ子」「目障（めざわ）り」と陰口を叩（たた）いた。

タージは純粋にみんなの役に立とうとしているだけなのだろう。冷遇されても拗（す）ねずに自分にできることを模索する。素晴らしい姿勢だ。前向きな女の子は可愛い。彼女の健気（けなげ）さに胸を打たれた俺は、『必ずやタージの地位を向上させてみせる』と心に誓った。

今こそ集団無視に加担した罪滅ぼしをする時だ。ずっと申し訳ないと思っていた。どんな理由があっても、みんなで一人の女の子を虐（いじ）めることは恥ずべき行為だ。

今度の『TOUCH』との試合は絶好の機会だ。『N・A・O』と沢さんの橋渡しをしたタージの功績を大々的に称（たた）え、それを足掛かりにしてみんなの誤解をとこう。

タージが戻ってくるまでの十数分の間に、俺は奏にLINEを送った。『TOUCH』との賭（か）け試合のことを伝え、みんなにタージ包囲網の解除を働きかけるのは試合後にしよう、と提案した。

〈詳しいことは教えられないけど、その試合でタージを勝利の女神にする方法がある。タージがサークル内の最下層から女神へと躍り出れば、ギャップ効果でみんな手のひらを返し易い。って感じの作戦なんだけど、どうかな？〉

奏から〈悪くないアイデアね。了解した。〉と返ってきた時に、ちょうどタージがドタドタと戻ってくる。前髪が崩れ、眼鏡がずれ落ちていた。

「こちらが希望した日時で問題ないそうです。あと『グラウンドの手配や野球の道具などのことは全て任せてください』と言っていました。グラウンドが決まったらＬＩＮＥで報せてくれるそうです」と息を切らせながら報告する。

「わかった」

「あともう一つ、『そちらが勝ったら、私たちの部室をあげますし、デートもしますから、負けた時は約束を守ってください』とのことです」

「おう」と少し言葉が出にくかった。

タージは賭けの内容を不審に思わなかったのか？

「男の人って単純ですよね？」

真代をデートに誘った俺への嫌味か？　いや、彼女は真っ直ぐな子だからネチネチしたことは言わない。まさか、嫉妬か？　俺に気がある？　とりあえず、俺は「何が？」

と惚けた。

「だって『勝負ごとや頼みごとにはデートが付き物だ』とセンパイが教えてくれました。報酬にデートがないと男は力を発揮できない生き物なんですよね？」

「ひょっとして沢さんが言ったのか？」

「はい」と答え、人差し指で眼鏡のブリッジを押し上げた。

「沢さんからデートに誘われた？」

「形式的なものです。『形だけでいい。田嶋ちゃんのことなんか女として一パーセントも見てないけど、本当に本当に妹のようにしか感じてないんだけど、男はデートっていう響きで燃えられるから』と頼まれたので、私も一肌脱ぐことにしました」

　おいおい、大丈夫か？　ストーカーかもしれないんだぞ。一肌どころか、全部脱がされちゃうぞ。

「一応、気をつけろよ。何が起こっても自己責任なんだからな」

「わかっています。『デートレイプを立証するのは難しい』『合意の上で行為に及んだと思われる』『女性が男性と密室で二人きりになったら、襲われても仕方がない』と専門書から教わりました」

「そっか」

　タージが本当にわかっているのか疑わしい。本の中のことと現実で起こることを一緒にしているんじゃ？　『デートレイプ』と簡単に言ったが、実際にどういう目に遭うのかその固い頭で想像できているのだろうか？

「学部の違う長谷部さんには私からデートレイプに関するレクチャーをしておきましたが、センパイの方も注意してください」と俺を指差す。「特に飲酒した時は要注意です。一対一で楽しくお酒を飲んだあとに、合意の上で行為に及んだとしても、酔いが覚めてから準強制性交等罪で訴えられることもあるんですから」

人の心配をしている場合か。でも嚙み砕いて忠告するのは、試合に勝ってからでも遅くない。ここで彼女に余計なことを言ったら、沢さんにまで伝わって助っ人の話が白紙になるおそれがある。まず、優先すべきは勝利だ。

「タージに好きな人はいるのか？」とさらりと訊いてみる。

「心に決めた人はいます」

「誰？　俺が知っている人？」

「すごーく狡賢い人です」とぼかす。

やっぱり俺のこと？　常に利害関係を気にかけていることを見透かされていたのか

……ふと、八代先輩のことが頭に浮かんだ。

「八代先輩？」

「えっ！」とタージは叫んでキョロキョロと首を振る。「どこ？　どこ？　どこにいるんですか？」

　俺が八代先輩を見かけたと思い違いしたようだ。

「ごめん。話題に上げただけだ」

「もう。ややこしいことはやめてください。またお訊きしたいことができたので、伝言を終えたら前会長を捜そうと思っていたんですよ」

　物凄い慌てぶりだった。もしかしたら本当に八代先輩に惚れているのかもしれない。彼が会長だった頃に執拗に絡んでいたのは好意があったから？　本当にそうなら、不幸な恋だ。告白しても遊ばれてポイ捨てされるだけだろう。

　不幸な恋のキューピッドにはなりたくないから、これ以上詮索するのはやめよう。それに、何も知らない方が俺にとって好都合だ。八代先輩とタージの間に入るのは避けたい。俺の立場を危うくしかねない。恋愛相談も失恋の後始末も願い下げだ。

　第一に、今タージの恋心に火を点けたら、燃え上がって沢さんの恋心を焼き尽くしてしまうことが懸念される。彼女の恋には触れないでおくのが無難だ。何はともあれ、『ＴＯＵＣＨ』との試合が終わるまでは、関わらない方がいい。

　決戦当日、ゲーム開始五分前になっても沢さんらしき人は現れない。彼の連絡先を知っているのはタージだけなのだが、彼女と連絡がつかない。

三十分ほど前に、〈近所のスーパーの前で、ショッピングカートに買った物を載せて家へ持ち帰ろうとしたお婆さんが店員さんに叱られていたので、私がお婆さんの家へ運ぶことになりました。ですから、ちょっと遅れます。沢亮介さんとグラウンドの近くで待ち合わせをする予定でしたが、先に一人で行くよう伝えてあります。〉というＬＩＮＥが届いて以来、音信不通だ。

　こっちから電話してもＬＩＮＥを送っても、応答がない。試合開始の時間が迫るにつれて焦燥感が募ってくる。何やってんだよ！　こんな大事な時に！　沢さんに時間を伝え間違えてないだろうな！　おまえと沢さんが来たら、『絶対に負けられないから、念のために助っ人を呼んだ。タージの知り合いの沢さんだ』とみんなに紹介する手筈だったのに……。

　俺は『ＴＯＵＣＨ』の会長に「選手が一人来ないから待ってほしい」と頼んだが、「グラウンドの使用時間が決められているから無理だよ」と断られた。審判からは「控えの選手を出せばいいんだから早く整列して。どんなスター選手でも遅刻は遅刻だ。選手の都合で試合開始の時間を遅らせた前例はない」と窘められた。

　草野球なのに堅苦しいことを言うのは、資格を持った審判だからだ。彼が素人でないことは一目でわかる。マスク、プロテクター、ユニフォーム、スパイク、全てが審判専用の物だ。その道に通じている人でなければ、フル装備することは難しい。

一試合七千円くらいで審判を派遣してくれるサービスがあるのだが、初め俺は『わざわざお金を払って審判を呼ぶとは、力が入っているな。マジ過ぎてちょっと引くわ』と対戦相手をせせら笑っていた。

でも窘められて審判に危機感を抱く。メンバーが揃うのを待たないのは、『TOUCH』の息がかかった奴だからか？　彼の顔をよく見てみれば、俺たち大学生と同い年くらいだ。若すぎないか？　俺はリトルリーグから高校野球までやってきたけれど、審判はオッサンばかりだった。

審判の資格を取りたがる若い人も少しはいるだろう。だけどそんな稀少な人が今日の試合を取り仕切ることが不可解だ。何か裏があるんじゃ？『TOUCH』は知り合いの審判を呼んだのかもしれない。

もし審判が『N・A・O』に不利な判定ばかりしたら、異議を唱えて無効試合にしよう。ゲームが始まる前に騒いでも、証拠がないから被害妄想の激しいクレーマーだと思われるだけ。無駄口を叩かずに、疑いの目を光らせるのが得策だ。

用心して臨んだが「プレイボール！」の声がかかると、審判は一言も文句をつけられない公平なジャッジで滞りなく試合を進めた。俺の取り越し苦労だった。

予想していた通り相手の助っ人はピッチャーだった。しかし予想を上回るピッチングに『N・A・O』の打者は手も足も出ない。左腕から繰り出される伸びのある速球、切れ味鋭い変化球、抜群のコントロールで三振の山を築いた。

　バッティングでも最初の打席でレベルの違いを見せ付けられた。先発ピッチャーだった俺が『ボール球を振ってくれたら儲け物』という意図で投げた外角のボールを流し打ちされる。打球は隣のグラウンドまで飛んでいった。特大のホームランで二点を先制された。

　次の打席からはキャッチャーを立たせ、バットを振っても届かないところに投げて敬遠した。応援している女子たちに『勝負しないで逃げるなんてガッカリ！』と思われそうだが、背に腹は代えられない。二点差ならワンチャンスで同点にできる。沢さんが駆け付けたら、代打に出せばいい。

　相手のエラーで得点圏にランナーが進む度に、『沢さん、早く来てくれ！』と願った。だけど沢さんもタージも姿を現さないまま最終回を迎えた。うちの最後の攻撃があっという間にツーアウトになった時、俺は『このまま三者凡退で終わってくれ』という願いに変えた。

　打てる気がまるでしないから、俺の打席まで回らないでほしい。これまでの三打席は全て三振した。得点圏にランナーがいる時が二度あったけれど、手が出なかった見逃し三振と、バットが虚しく空を切った空振り三振。

　また凡退したら、俺が敗戦の責任を負うことになってしまう。五回と三分の二を投げて二点を相手に献上した先発ピッチャーの俺は戦犯候補に挙がっている。これ以上傷口を広げたくない。

　ところがラッキーなポテンヒットとエラーで一塁二塁のチャンスになった。うちのベンチが活気づき、勢いに乗った声援が左バッターボックスへ向かう俺に飛んでくる。

「会長、頼みますよ！」

「見せ場だぞ！」

「逆転ホームランお願いします！」

「オーダー、『漫画みたいなの』入りました！」

「ここで打たなかったら、いつ打つの？」

　みんなが好き勝手なことを言うのは、俺のことをやる時はやる男だと思っているからだ。なんでもそつなくこなし、隙（すき）を見せない会長が最後のチャンスを潰（つぶ）すはずがない、と信じ込んでいる。

　期待値が大きいと、裏切られた時の反動も大きくなる。凡退した瞬間から『使えねー！』とバッシングへ急転するだろう。『TOUCH』と掛け持ちをしている連中からは『分の悪い勝負を受けたから、野球をする機会が減ったじゃねーか』と、応援していた女子からは『部室が手に入るんじゃなかったの！』と不満が噴出するのは明らかだ。

　打てなければ、俺の株は大暴落。求心力を失う上に、サークルの平和が保てなくなる。

でもどうすることもできない。実力差は歴然。経験を積めば積むほど、相手との力の差が正確にわかるようになる。だからこそ俺は野球から身を引いたのだ。

勝てない戦いは無駄だ。回避するに限る。『一般的に、左バッターは左ピッチャーを苦手にしているから、俺の代わりに右の代打を出そう』と申し出たいところだ。右バッターからは左ピッチャーの左手が見え易いが、左バッターからは自分の右肩が邪魔してボールの出どころが見え難く、うまくタイミングが取れない。

特に、相手のピッチャーは左のサイドスローだから、俺の背中からボールが来るように感じる。内角にストレートを投げ込まれると、体にぶつかる気がしてつい仰け反ってしまう。『危ない！』と飛び退くのだが、キャッチャーミットに収まったボールはストライクゾーンを通過している。

そしてもっと厄介なのは相手の決め球のスライダーだ。内角にストレートが来た、と思って体を開いた途端に、クイッと外角へ俺の体から逃げていくようにして曲がる。慌ててバットを振っても腰が引けているからボールに掠りもしない。左バッターの俺には為す術がない。

おまけに打者が出塁すると、ピッチングのギアを上げる。塁上にランナーがいない時は、八割か九割の力で投げ、ピンチになったら『バットに当てさせない！』という気迫のこもった全力投球で三振を奪いにくる。野手の守備に不安があっても、三振に切って取ればエラーで失点することはない。

　頭のいいピッチャーだ。ペース配分が巧みで要所をしっかり抑える。いつでも三振を取れる自信がありながら、過信はしていない。バットに当てられた時のことも計算している。ランナーを背負った状況で万が一打球を前に飛ばされても、サード方向へ打球が行く配球をする。

　内野陣でサードだけは守備が安定している。エラーを一つもしていない。助っ人のピッチャーと堅守のサード、そして唯一の硬式野球経験者のキャッチャー、彼ら三人で『TOUCH』は試合をしている。あとは素人に毛が生えたレベルだ。

　サード以外にボールを飛ばせれば、ぼてぼてのゴロでも何かが起こる可能性はある。現に、俺の一つ前のバッターはショートのエラーで出塁した。打つのを躊躇(ちゅうちょ)して止めたバットにたまたま当たったボールがショートへ転がったのだ。

　でもタイミングが全然合っていない俺がバットに当てられる確率は極めて低い。偶然が続くことは期待できない。代打を出した方が望みはあるけれど、成功しなかった時は、俺を『最後のバッターになることから逃げた腰抜け』と思う人が発生する。控えに勝負強い選手はいない。代打も高確率で打ち取られるだろう。

　戦犯になるのと腰抜けになるのと、どっちが失うものは大きい？　進むも地獄、引くも地獄だが、まだ戦犯の方が損失は小さい。辛い現実を覚悟して受け止めるしかない。

俺は重い足取りでバッターボックスへ入った。

　また三振するんじゃ？　悪いイメージしか浮かばない。凡退した際の言い訳ばかり考えてしまう。この期に及んでも、『これは夢なんじゃ？』と現実逃避したり、『漫画みたいに土壇場で沢さんが駆け付けてくれるかも？』と夢想したりする始末だ。

　四打席目の初球はストレート。内角を抉られ、俺はビビッて見逃した。

「ストライク！」と審判は威勢よくコールする。

　俺は『え？　外れていたよ』という驚いた顔を審判に向ける。うちのベンチから「今のは入ってねーだろ！」「どこに目を付けてんだよ！」「これで何回目のミスジャッジだ！」とクレームが飛ぶ。だけど、ギリギリでストライクゾーンを通過していたことはわかっていた。凡退したとしても『誤審のせいだよ』と審判に責任を擦り付けるために演じたのだ。

　相手のピッチャーはコントロールもすこぶるいい。数センチ単位で投げ分けることができる。スタミナもあるから、終盤になっても制球力も球速も衰えていない。球種は少ないがストレートのスピードは速い。百三十キロ台後半は出ている。変化球を使わずにストレートでストライクゾーンの四隅を突くだけでも、俺たちを零封するのは難しくなかっただろうに。

　間違いなく現役バリバリの選手だ。どこからこんな本格派のピッチャーを引っ張ってきたんだ？　俺は「あんな奴、うちの大学にいたっけ？」とキャッチャーに訊いてみる。

「うちのサークルはインカレも歓迎しているんだよ」

「名前は？」

「なんだったかな？　僕、人の名前を覚えるのが苦手なんだよ」

そう言ってピッチャーへ返球した。俺は舌打ちをする。会長のくせして名前を知らないなんて白々しい。野球やサッカーのサークルが他所の大学の生徒を受け入れている場合、大概は女子マネージャー限定だ。主に、出会いを求めている女子大の子やうちの大学のブランド力に釣られる頭の弱い大学の子を入会させる。

選手を他所から引っ張ってくるなんて聞いたことがない。知り合いで一番野球が上手な奴に助っ人を頼んだのだ。名前を伏せたってことは大学野球の有名選手か？　いや、あのピッチャーは老けた顔をしているから、社会人かもしれない。でもタージが『こっちも部外者の助っ人を頼んでいる』と宣言したから、今更糾弾できない。

ワンストライクを取られたあとでも、俺は『沢さん、早く来いよ！』と一握りの望みに縋っていた。目も当てられない悪足掻きであることはよく理解しているけれど、失うもののことを考えると潔さは容易く吹き飛んでしまう。

なんで来ないんだ？　道に迷ったのか？　すっぽかしか？　人見知りが激しくて一人じゃ来られないのか？　やっぱりタージの伝達ミスか？　彼女もなんで来ないんだ？

試合が始まってもうすぐ二時間だ。お騒がせお婆さんはスーパーの近所に住んでいるはずだ。徒歩で二十分くらいだとしても、往復で一時間はかからない。何をやっているんだ？

ピッチャーが二球目を放った。またしても内角を抉ってくる。初球とほぼ同じコース。『今度はスライダーだ。ビビらずに踏み込め！』と俺はスイングを始動するが、すんでのところで腰の回転をストップさせて見逃す。

審判が「ボール！」とコールする。初球よりもほんの少し外側だった。『初球と同じところにストレートを投げるわけがない。曲げてくる』とバッターに思わせる配球だ。だけど全く同じコースだと打たれるリスクがあるので、ピッチャーは用心してストライクゾーンから僅（わず）かに外した。

次こそはスライダーか？　三球続けて同じ球種を投げないのがセオリー。でも裏をかいてくることもないとは言えない。コントロールが正確な上に、審判が的確にストライクかボールかを見極めているから、自由自在に配球を組み立てられる。今日の審判は機械で測っているかのようにストライクゾーンがブレない。

俺も投げていて気持ちが良かった。素人の審判だと、同じコースに投げてもストライクを取ったり取らなかったりすることがある。そういう誤審の多い試合は、配球が成り立たないし、審判に対して苛々（いらいら）するからピッチャーはリズムを崩す。

助っ人のコントロールの良さを思う存分に活かすために、『ＴＯＵＣＨ』は資格を持った審判に依頼したのだ。俺は思慮が足りなかった。素人の審判でないことがわかった時点で、相手の用意周到さを警戒しなければならなかった。

彼らはサークルの存続のためになりふり構わずに勝利を掴み取ろうとしている。下手くそなりにひたむきだ。グローブで捕球できなくても体で打球を止めて後ろへ逸らさなかった。バットを極端に短く持ってボールに食らい付いた。

自分のサークルを想う気持ちが俺には欠けている。本当に『Ｎ・Ａ・Ｏ』の安寧を一番に考えているなら、賭け試合なんてやらない。俺はみんなにいい顔をしようとしたのだ。サークルメンバー全員を幸せにする最大公約数を導き出そうとしたが、そこには自分のエゴも含まれていた。知らず知らずのうちに保身に走っていた。

なんであれ、俺の責任だ。『ＴＯＵＣＨ』を甘く見ていた。気を緩めていたつもりはなかったけれど、どこかに慢心があったのだろう。沢さんが投打で活躍する青写真を描いていたから、油断していたのは否めない。

だけどタージが沢さんをグラウンドまで連れてきていたら……。彼女を信じた俺が浅はかだった。いや、元はと言えば、奏が『タージはいい子』と太鼓判を押したせいだ。いい子なら彼女にも優しくしよう。ストーカーに狙われている女の子を守るのは男の務めだ。そう思って沢さんのことを追及した。

タージが奏より先に現れていれば、俺は沢さんが強豪校のキャプテンだったことを知り得なかった。助っ人を当てにした試合を行うことはなかったはずだ。数分差で奏の方が早かったために、俺が苦境に立たされているのだとしたら、全く以てついてない。

せめてタージと会話したあとに真代が試合を申し込んでいれば、状況は変わっていたのに。試合のことが頭にあったから、沢さんのことをタージから聞かされた時に、助っ人のアイデアが閃いたのだ。

もし三人の順序が……ん？　なんか出来すぎじゃないか？　三人の女の子が数分置きに俺のところへやって来るのは、不自然なことのように思える。『たまたま』の一言で片付けられるだろうか？　ひょっとして三人はグルか？　結託して俺を賭け試合に引き摺り込んだんじゃ？

出し抜けにボールが目の前を通過し、俺はびっくりして無様に尻餅をついた。審判が「ストライク！」とコールする。浮かんだ疑惑に気を取られ、ゲームに集中していなかった。

俺は「タイム」と言ってバッターボックスから外れる。スパイクの紐を結び直す振りをして考える時間を稼ぐ。三球目はスライダーだった。セオリー通りだ。同じ球種は三球続けない。グラウンドの外でも三度同じことはそうそう起こらない。

真代、奏、タージの三人にとって野球派は共通の敵だ。真代は掛け持ちメンバーの退会を望み、奏は野球派を弱体化させることを狙い、タージは冷遇されてきたことを恨んでいる。

三人が共謀して俺が挑戦を受けて立つ筋書きを作ったのだとしたら、沢さんは架空の人物か？　プロ顔負けの選手が草野球で燻ぶっているのは、おかしな話だ。そんな奴はいるか？　いないよ。

いや、とすぐに『いる』と考えを改める。高みを目指す者もいるけれど、レベルを下げて格下相手に勝ち誇りたがる者もいる。今、マウンドにいるピッチャーのように。あいつが沢さんだ。さっきキャッチャーが助っ人の名前を言わなかったのは、沢さんだからだ。

審判に「タイム、長いよ」と急かされ、俺はバッターボックスへ入る。しまった！　まんまとハメられた。どうする？　疑惑を突き付けても、すっ惚けられるだけ。一顧だにされないだろう。

俺が悩んでいるのを尻目に、ピッチャーが投球モーションに入る。スナップを利かせて左腕を振った瞬間、俺はグリップから左手を離してバットの真ん中の辺りに添え、バットを地面と平行に持つ。セーフティーバントだ。バットを水平に構えるバントなら、ストレートでも、ストレートに見せかけて横へ曲がるスライダーでもボールに当てられる。

ホームベースの手前で大きく曲がったボールに両腕を伸ばして対応する。ボールがバットに当たったと同時に、両手を離して駆け出した。頭を下げて全速力で一塁を目指す。だからボールの行方はわからない。

でもバットから伝わった感触で、どれくらいのスピードのゴロがサード前に転がったのか予測できる。そしてサードを守っている選手の力量もこの試合中に把握している。おそらくアウトだ、と俺は確信しながら走っている。セーフティーバントは失敗だ。

ボールの勢いを殺しきれなかった。経験から言って、あのサードの肩の強さなら、一塁ベースの半歩か一歩手前でボールはファーストのミットに収まるだろう。堅実なプレイをしてきたサードがエラーすることはまずない。スリーアウトでゲームセット、うちの負けだ。

俺はベースの四歩前くらいからスライディングをする。左足を伸ばし、右足を折り畳んで滑り込んだ。地面が削れる音と共に土埃（つちぼこり）が舞う。ベースの二歩前あたりでスライディングの勢いがなくなる。俺がピタリと静止した直後に、ファーストミットにボールが入った音がした。

「セーフ！」と審判の声が背後から聞こえる。

ファーストは「アウトだよ！」と声を張り上げる。ほかの内野も一斉にアウトをアピールする。一塁側のベンチにいる『ＴＯＵＣＨ』の控えたちも判定に抗議する。当然だ。

俺のスライディングはベースに届いていなかったのだから。

ただし、俺はあたかもベースに到達したかのように装った。審判は球審一人しかいないので、ホームベース付近にいる球審からは俺の体が邪魔して一塁ベースが見え難い。滑り込めば、完全な死角だ。また、一塁へのスライディングはクロスプレイを演出できる。

審判はボールがファーストに届く前に俺の体が静止したのを見て、俺が先にベースに着いたと思い込んだのだ。打席に入る前は、真代の目があったから汚い手を使うことを選択肢に入れていなかった。だけど彼女が俺を陥れた共謀者なら話は別だ。軽蔑されても問題ない。

内野の何人かが審判に詰め寄る。セカンドを守っていた真代は興奮しているようで、怖い顔で怒鳴っていた。しかし審判は頭を左右に振るだけで取り合わない。いくら抗議しても無駄だ。ビデオ判定でもしない限り覆らない。

俺は平然とした顔で立ち上がり、一塁線の外側のファウルグラウンドに出て、パンツについた土を手で払う。パンパンしつつゆっくり歩を進め、そっと一塁ベースを踏んだ。

三塁側のベンチは俺の意表を突くセーフティーバントに沸き立っている。一塁ベースまで距離があるから、俺がズルをしたのがわからない。うちのベンチが三塁側でラッキーだった。

「アウトでしたよ！」と俺の後方から大声が飛んできた。「今のは完全にアウトでした！」

振り向くと、タージが猛ダッシュでこっちに向かってきていた。一目散に俺の下へ駆け寄ってきて「私、この目で見ていました。センパイのスライディングはベースに届いていませんでした」と主張する。

最悪なタイミングでの登場だ。余計なことをするな。残りのキャンパスライフで好きなだけ空気を読まないでいいから、今だけは察しろ。いや、違う。タージも共謀者だ。『TOUCH』側の人間だから、俺の不正を見逃すはずがない。

審判も小走りで俺のところへ来る。両軍の選手が俺とタージを取り囲む。マズいぞ。審判が『この子は良心に従って仲間の不正を摘発した』と勘違いしたら、判定を覆すかもしれない。通常なら仲間の勝利のために見て見ぬふりをする場面だから、彼女の証言を信憑性が高いと捉えるんじゃ？

「なんのことを言ってんだよ？」と俺は白を切る。

「センパイ、スポーツマンシップに則りましょう。勝つことよりも大切なことがあります」

「タージは見間違えたんだよ。タージが見たところからだと距離があっただろ？」

「あれ？　ご存知ありませんか？」と言って、指先で眼鏡のずれを直す。「この眼鏡は紫外線対策のためです。度はありません」

「知ってるよ。それが、なんなんだ？」

「私、どっちの目も裸眼で二・〇なんです」としたり顔で自慢した。「本当はセンパイも胸が痛いんですよね？　撤回し辛い気持ちはわかります。でも正直者になりましょう。その方がすっきりしますから」

「言いがかりはやめろよ」

「センパイ、勇気を出してください」

久し振りに女の子のことがムカついた。なんて厚顔な奴なんだ。三人でグルになって俺をハメたくせして、よくも素知らぬ顔で綺麗事を言えるものだ。

「じゃ、アウト」

審判は軽く言って親指を立てた。

「違います」と俺は泡を食って訴える。「この子は敵チームの人間なんです。うちのサークルのメンバーですけど、『N・A・O』に負けてほしいと思っているんです」

審判は俺の訴えには耳を貸さずに、「ゲーム！」と試合終了を宣告した。

「待て、待て。自分の目で俺がアウトになったのを見たわけじゃないだろ？」

「だって田嶋ちゃんは嘘をつくような子じゃないから。目がいいことも知ってるし」

「なんだって？　タージと知り合いなのか？」

俺は審判とタージへ交互に視線を送る。

「何を一人で騒いでいるんですか?」とタージが俺を物分かりの悪い人間のように扱う。

「こちらのセンパイを試合に呼ぶことを提案したのは、センパイじゃないですか」

えっ? どういうことだ? この審判が沢さん? そんなことが……。

「審判だって一言も言ってないだろ」

「おかしいですね。『アンパイアは趣味に入りますか?』というようなことをセンパイに言った覚えがあるんですが」

「俺はないよ。俺が覚えているのは、『プロ顔負け』って褒めていたことだ」

「はい。草野球の世界でこちらのセンパイほど的確なジャッジができる審判を私は知りません」

「内野も外野もできるって」

「球審。塁審。外審。どこでもできるんですよ」と惚れ惚れとした顔で言う。

外審って……。草野球に必要ないだろ。昨今の審判は四人制だから、外審をする機会なんてない。外審を外野のライン際に置く六人制は、プロ野球でも日本シリーズなどの重要な試合の時だけだ。

「高校時代は『キャプ』って呼ばれていたって」

「推している芸能人の愛称を自分の愛称にするのが、友達の間で流行(はや)っていたんですって。ユニークですよね」

それってただのアイドルオタクなんじゃ？　俺は『キャプ』なんてアイドルを知らない。よりによって『キャプ』を自分の愛称にするとは。紛らわしい。きっと野球オタクでもあるのだろう。今にも『強い野球部を応援したくて甲子園常連校へ入った』などとほざきそうだ。

なんてことだ。俺は最初の一歩目から間違えていたのだ。審判が意図的な誤審をしないか心配していた俺は救いようのないおっちょこちょいだ。タージから『草野球の試合に呼ばれています』と聞き、選手だと決め付けてしまった。

聞き間違えてカレーパンを買ってきた下柳に偉そうに説教したくせに、俺も視野が狭かった。先入観に囚われていた。言葉足らずだったタージを忌々しく思う気持ちもあるが、自戒として俺の辞書に載っている『誤審』に『アンパイアを見誤る』という意味を加えよう。

みんなは俺とタージのやり取りが理解できずに奇妙な表情を並べている。俺がこっそり助っ人を用意しようとしていたことを誰も知らないからだ。

「とにかく、試合は終わった。2―0で『TOUCH』の勝利」と沢さんはゲームを締めた。

「すみません」とタージが沢さんに頭を下げた。「センパイの勇姿を見たかったんですけど、偶然知り合ったお婆さんと世間話をしていたら、いつの間にか時間がいっぱい経っていたんです。でもそれも一期一会なので後悔はしていません」

「そっか。それは良かったね。じゃ、田嶋ちゃん。試合が終わったから行こうか？」

「はい」

「どこへ行くんだ？」と俺はタージに訊く。

「ドライブデートです」

沢さんは気恥ずかしそうなリアクションをしつつ「あっちに駐車しているから」とタージを誘導する。彼女は「では、失礼します」と俺たちへ挨拶し、沢さんと一緒にグラウンドを離れていった。

二人の背中を釈然としない気分で見つめていると、真代が俺のところへ「約束を守ってください」と言いに来た。

「汚ねーよ。助っ人を呼ぶなんて」と『TOUCH』を退会することになった七人のうちの一人が非難する。

残りの六人が「そうだ。そうだ」と加勢する。俺はサークルのみんなに賭けの内容を話し、同意を得ていた。『TOUCH』が助っ人を準備している可能性も伝えていたが、掛け持ちの七人は『助っ人がいても、残りが雑魚だから楽勝楽勝』と楽観視した。

「あんな奴、うちの大学にいねーだろ？」

そう言いながら『ＴＯＵＣＨ』のピッチャーを指差した。

「うちはインカレも歓迎しているんです」と真代は自分のところの会長と同じセリフを吐く。

七人は「んなわけねーよ！」「いい加減なことを言うな！」「そんなインカレあり得ねー！」と反論した。俺も加勢するべきか？　試合中はタージが『こっちも部外者の助っ人を用意している』と真代に伝えたと思い違いしていたから、不服を唱えられなかった。でもタージが伝えたのは『審判は私の顔馴染みに依頼しました』だった。だからこっちには真代を卑怯者呼ばわりする正当性がある。無効試合にすることは不可能ではない。

「は？」と真代が低い声を出す。「今になってなんなの？　文句あんなら、試合が始まってすぐに言えよ。情けなっ！　それでも男かよっ！」

眉間に深い縦線を刻んで啖呵を切った彼女に『Ｎ・Ａ・Ｏ』のみんなは畏縮した。普段から怒りっぽい人よりも、温厚な人が急に憤慨した時の方が怖いものだ。だけど『ＴＯＵＣＨ』のメンバーは誰も驚いていない。これが素の真代？

男受けを良くしたくて猫を被っていたのかもしれない。『ＴＯＵＣＨ』にお目当ての男がいないから、サークル内では本性をそのまま出しているのか？　野球のこととなるとつい頭に血が上って素が出てしまうのか？

「負けた奴がガタガタ抜かしてんじゃねー！　弱い奴には何も言う権利がないのは、野球やってたんならわかるだろ！　みっともない！　女子たちを見てみろ。ドン引きしてるぞ」

引いているのは真代が豹変したからだ。『お姫様』と言うよりは『女王様』が相応しい。女王様の命で裏の顔を口止めしているのだ。女って怖い生き物だな、と改めて骨身に染みた。

しかし彼女が捲し立てたことは正論だから七人は黙るしかなかった。俺も口を開けない。女子たちも『言われてみれば、その通りだ』と納得しているだろう。

「たかが野球で勝ったからって言いたい放題ね」と奏が口出しする。

野球に懸命に取り組んでいる真代は「たかが？」と声に敵意を滲ませる。

「こっちは遊び半分でやっているの。そうでしょ？」

奏は俺の目を見て同意を求めた。目でなんらかの意図を伝えようとしている。試合に負けたことで、タージを救済するためのギャップ効果作戦が失敗に終わったことを彼女はわかっている。俺を責めようとしているのか？　違うな。これを機に野球派の牙を抜こうとしているのだ。

「ああ。遊びだ。暇つぶしでやっていただけ。な？」と俺は野球派の七人に促す。

七人は取って付けたように「そうさ」「当たり前だろ」「マジなわけない」「ちょっとからかっただけ」と口を揃えて遊びだったことを強調する。真代は敗者の浅ましさに呆れて言葉を失ったようで、何も言い返さなかった。

「じゃ、負けを認めちゃおう。野球オタクの部室なんていらない。私たち女子のために必死になることはないよ。遊びで熱くなるなんてガキみたいだし」

　俺は「そうだな」と奏の意見を肯定する。続いて野球派たちも奏に靡いた。七人は『ＴＯＵＣＨ』を退会することを約束し、真代の怒りを鎮静化させた。

　奏は落としどころを提示して、野球派に恩を売ると同時に、『醜態を晒したんだから、遊びの野球はもういいでしょ？』と巧妙にプレッシャーをかけた。

　女子たちの前で見下していた『ＴＯＵＣＨ』に屈辱的な負け方をした野球派は、恥ずかしくて当分デカい顔をすることはできない。上には上がいる。相手のピッチャーに力の差をまざまざと見せ付けられて、再び身の程を知った。高校時代に挫折したことを思い出し、しばらく野球と距離を置くはずだ。

　奏が『もう野球は懲り懲りだ』という流れを作ってくれたおかげで、分の悪い勝負を受けた挙句に、投打で足を引っ張った俺への批判は薄まった。もちろん多少の不満は残っただろうが、『Ｎ・Ａ・Ｏ』の分裂を免れたのだから、これ以上のことは望まない。

　俺は私服に着替えてから、周囲にわからないようそれとなく奏にお礼を伝えた。

「別にいいよ」と彼女は小声で言う。「私はチャンスに乗っかっただけ。戦犯が有耶無耶になったのは、私利私欲に走った副産物よ」

　奏に俺を助ける義理はない。野球派を弱体化させる好機を抜け目なくものにしようとしたら、たまたま俺を助ける形となっただけ。きっと彼女はあとで真代に『きつい口の利き方をしてごめん。あれは演技だった』と事情を明かすのだろう。

「それでもサークルがまた一つにまとまったのは、奏のおかげだ。やっぱり次の会長は奏で決まりだな」

　女子からの人望が厚く、野球派を封じ込められる彼女のほかに適任者はいない。

「私よりもタージの方が向いてる」

「タージが会長？」

　なんの冗談だ？　あのトラブルメーカーが会長になったら、何が起こるやら。今日だってあの子のせいで散々な目に遭った。やっぱりタージと関わるとろくなことがない。

「タージほどうちのサークルを一番に考えている子はいない。私はタージを会長に推薦する。その前に、みんなの誤解をとかないとね」

　理解しかねるが奏に助けられた手前、彼女の意思を尊重する。

「タージが遅刻したこともあって、俺のギャップ効果作戦は失敗した。しょうがないから、地道に一人ずつ働きかけていくよ」

「お願いね、宮崎くん」と頼んでから興味深そうな顔をして訊く。「ところでさ、タージは『ドライブデート』って言っていたけど、あの人と付き合っているのかな？」

「沢さんから『審判を引き受ける代わりにデートしてほしい』っていう条件を出されたらしい」

「向こうは気があるのね」

「タージみたいな奴を好きになるなんて物好きがいるもんだな」

「人懐(ひとなつ)っこいところがあるから、勘違いする男がいてもおかしくないよ」

一瞬、ストーカー疑惑が頭を過(よぎ)ったが、不安を残さずに消えていった。沢さんから陰湿なものは漂っていなかった。威風堂々としていて、グラウンドの外でも毅然(きぜん)とした態度をとっている姿が目に浮かぶ。オタクのようだけれど、数々の記録を打ち立てた田中(たなか)将大(まさひろ)投手だってアイドルファンだ。

「沢さんは紳士っぽいから大丈夫だよ」

「男ってみんな宮崎くんみたいに二面性があるものでしょ？」

「男に限らず、人間には表と裏があるもんだよ。それにタージはデートレイプについて学習しているから、用心した上でドライブの誘いを受けたんだ」と俺は説明し、奏の不安を解消しようとする。「ひょっとしたら、タージも沢さんに気があって快く返事したのかもな。今日は女子力の高いサロペットを着ていた。デートのためにお洒落してんだよ」

沢さんはタージが心に決めた『すごーく狡賢い人』に該当しそうにない。本命は八代先輩だと思うが、沢さんにタージだけが知っている裏の顔があれば、二人が両想いである可能性が出てくる。

「でもタージが無理して誘いを受けたって考えることもできる」

「タージが無理をする必要はないだろ」

「あの子は誰よりも『N・A・O』への思い入れが強いの」

「なんで？」

うちのサークルのために我慢して沢さんの条件を呑んだのか？　確かに『一肌脱ぐ』とは言っていたが……。だけどずっと蔑ろにされてきた。危険を顧みずにサークルに貢献するわけない。

「集団に憧れがあるのよ。周りが見えないところがあるから、これまで受け入れてくれる集団がなかったの。タージはね、習い事や学校のクラブや地域のサークルに入ると、すぐに爪弾きにされてきたみたい。『君にはもっと向いていることがある』『定員オーバーだから、入れられない』『もう教えることは何もないから、特別に卒業させよう』って具合に」

あの子はそれらの体裁を保つための言葉をそっくり信じているのだろう。タージに全く非がないとは考えられないが、そこまで嫌うことはないじゃないか。

「ひどいな。でもさ、うちのサークルはタージを受け入れているわけじゃない。追い出そうとしてしっぺ返しを食らいたくないから、誰も強硬な手段を取らなかっただけだ」

「それをタージは『居心地のいいサークルですね』って捉えているの。初めて集団の中に自分の居場所を作れたから嬉しくて堪(たま)らないのよ」

「本当に人の気持ちがわからない奴だな」

「でも私たちもタージの気持ちをわかろうとしなかったでしょ？　お互い様よ。こっちの視野を広げれば通じ合える子よ」

　できない。タージの思考は変人の域にある。彼女は車に乗る時に『不具合に因る事故で死ぬかもしれない』と腹を括る。度を越した考え方だが、リコール車の多さから理解できなくもない。

　タージは野球馬鹿たちの尊厳を懸けた勝負だと思い込み、『公平なジャッジの下で勝っても負けても遺恨の残らない試合をしてほしい』と願って資格を持っている審判を呼んだ。そういうサークルへの貢献の仕方もどうにか理解できる。

　少しも理解できないのは、ちっとも仲良くない野球馬鹿たちのために、沢さんとの取引に応じてドライブデートをしようとしていることだ。タージにとってドライブは命懸けの行為なのに、なんでサークルが自分の命と釣り合うほど大事なんだ？　いくら頑張っても誰からも感謝されないんだぞ。

正に変人だ。そんな奴とは通じ合えるはずがない。だけど俺が打算を働かせたせいで彼女がデートレイプ被害に遭ったら、フェミニストの名折れだ。もしものことがあるかもしれない。念のために様子を見に行こう。

「ちょっと、タージのところへ行ってくる」

俺は急いで駆け出す。とりあえず、タージに沢さんのことをどう思っているのか訊こう。両想いなら退散する。あとは二人で好きにやればいい。

タージはすでに車内にいた。助手席に座り、目を閉じて気難しそうな顔をしている。ドライブを怖がっているのだろう。沢さんはバックドアを開け、審判の装備を外して車に積んでいるところだった。

俺が「あの」と近付きながら呼びかけると、彼はバックドアを力強く閉め、俺に鋭い眼光を向けた。明らかに敵対心が剝き出しだ。俺がタージを連れ戻しに来たと警戒しているのか？

「なんの用？」と刺々しい声で威嚇する。

試合の時のような中立性が微塵も感じられない。

「タージに用があるんだ」

「もうドライブに出るから、終わってからにしてくれる？」

「俺も一緒にドライブしたいんだけど」と試しに言ってみる。

「駄目だよ。駄目。絶対に駄目！」

過敏に反応したのは、やっぱり下心があるからか？

「なんで？　タージのことが好きなのか？」

「田嶋ちゃんのことはなんとも思ってないよ。ドジな妹みたいな感じ」

ニヤニヤした喋り方が薄気味悪い。不審すぎる。こんな男と二人きりにさせるわけにはいかない。

「妹なら、いいだろ」

「駄目だって。この車は特別な車だから、心の汚い人は乗せられない。君はさっきインチキしたよね？」

小癪（こしゃく）なことを言いやがるが、本当に父親の車だったのか？　ダークグレーは中年男性が好む色のような気もするけど。バックドアの真ん中には日産のロゴがある。左端には『ＬＥＡＦ』という車名らしきものが。

「なんで特別なんだ？」

「お父さんの……」と言いかけて訂正する。「オヤジの形見だから」

「でもさ、車は有害物質を撒（ま）き散らす人にも地球にも優しくない乗り物だ。それを乗り回している沢さんの心は綺麗って言える？」

彼は引き笑いをする。長いこと笑い続けた。いったい何が面白いんだ？　沢さんは口元を押さえつつ人差し指を車の下へ向ける。

「覗くことを強く勧めているんだけど」

俺は言われるままに腰を曲げて覗き込む。だけどおかしなものは見当たらない。車から何かの液体が滴ってもいないし、猫が入り込んでもいない。

「もしかしてわからないのかな？」

イラッとして「何が？」と声が大きくなる。

「マフラーがなかったんじゃない？」

俺は再び屈み込む。確かにマフラーがない。でもそれがどうした？　沢さんは戸惑っている俺をまた笑い物にした。彼の笑い声は神経に障る。

「もしかして車に詳しくないのかな？」

「車には興味ない」

「この車は自分の意思で乗ることを決めたわけだから、自分にとっては価値のある車であることは間違いないんだけど、実は、電気自動車なんだよね。だから有害物質は残念ながら一切出ない」

所々で声のトーンが上がった。『電気自動車に乗っている自分の心はクリーンだ』と得意になっているからだろう。

今度は俺が笑い声を上げる。痛快に笑う。

「何がおかしいんだよ？」と彼はせかせかと訊ねる。

「俺は車に無知だけど、沢さんは俺とタージの親密さを知らないみたいだ。俺たちはなんでも開けっ広げに話している。沢さんのことはタージから全部聞いている」

「そんなのは出鱈目だよ。全部聞いていたら、僕がアンパイアだったことに驚いたりはしないんじゃない？」

「あれは沢さんをハメるための芝居だよ。まんまと引っかかった。俺が沢さんのことを何も知らないと思って油断していただろ？　残念。俺はなんでも知ってる。沢さんのお父さんがこの車で自殺をしたってことも。この電気自動車で排ガス自殺をしたんだよな？」

もちろん『なんでも知ってる』はハッタリだ。だけど墓穴を掘ったことに動揺している彼には、俺の言葉を疑う余裕はないようだ。目があちこちに泳ぎ、額に汗が滲み出てきた。

「一度だけ警告する。もうタージに付き纏うな。そうすれば、嘘をついたことをタージに内緒にしてやる。わかったな？」

沢さんは口をもごもごさせて尖らせた目を俺に突き刺す。

「わかっていると思うが、タージは生真面目だから嘘をつく人を軽蔑する。ましてや、自分の肉親の死に関して嘘をついたりしたら……」

　そう言っていかにも嘆かわしいというように頭を横に振った。

「わかったから！」と投げやりに承諾する。

「タージはうちのサークルの姫だから、何かあったらみんなでこの車をボコボコにするぞ」

　俺の脅しにがっくりとうなだれた沢さんを見届けてから、助手席のドアを開ける。タージはまだ目を閉じて険しい顔をしていた。

「タージ」と呼びかける。

「あっ」と目を開けた。「うっかり寝てしまいました。お婆さんの家が思いのほか遠くて疲れていたようです。ありがとうございます。ちょうど悪夢を見ていたところでした」

　俺はフーと溜息を吐き出す。緊張感の欠片もない奴だ。いつもぼけっとしているから、沢さんも『田嶋ちゃんならドライブデートしても、車が電気自動車であることに気付かないだろう』と軽く見たのだ。

「あれ？　どうしてセンパイが？　これも夢なのでしょうか？」

「現実だ。帰ろう」

「駄目です。ドライブする約束があるんです」

「沢さんにタージがドライブを苦手にしていることを話したら、『我慢して乗ることはない。元々、デートの約束は形だけでよかったから』って」

「そうなんですか？」とタージは身を乗り出して顔を沢さんの方へ向ける。

彼が小さく頷くと、タージは「よかった」とたっぷり安心する。相当無理していたようだ。

律儀(りちぎ)なタージは沢さんの車が完全に視界から消えるまでずっと手を大きく振り続けた。別れ際に健気に見送る子は思いやりのある心の持ち主だ。『じゃ、また』と背中を向けて歩き出し、途中で振り返った時に女の子が名残惜しそうな目で俺を見ていたら、駆け寄って抱き締めたくなる。

奏が保証したようにタージはいい子なのかもしれない。そう思った矢先、彼女は「やっぱり電気自動車って静かなんですね」と淡々と言って俺を驚愕(きょうがく)させた。

「知っていたのか？」

「はい。お婆さんの家にも偶然同じ車種があったんです。少し型が違っていましたが」

この子はかまととぶっているのか？　全てお見通しで男を手玉に取るタイプか？　それとも排ガス自殺の矛盾には考えが及ばない天然娘か？

「お婆さんの電気自動車は息子さんからプレゼントされた車だったのですが、エンジン音がしないために歩行者や自転車に乗っている人がお婆さんの運転する車に気がつかずに、ぶつかりそうになったことが何度もあったんです。それで車を使うことをやめて徒歩で買い物へ行くことにしていたんです」

「そっか」とほとんど上の空で聞き流した。「ところでさ、タージはサークルメンバーの誰かが困っていたらどうする？」

「ふざけた質問ですね」

「それは愚問ってことか？」と粘り強く訊く。

「当然ですよ。助けるに決まっているじゃないですか」

「相手が誰でも？」

「見ず知らずの他人でも助けます。協力し合わないと人類が滅んでしまいますから」と話を大きくする。

片っ端から助けていたらキリがない。本当に取捨選択をしないのか？

「タージは贔屓とかはしないんだな？」

「しますよ」と即答する。

予想外の答えだ。

「えっ？　どんな時に？　誰を？」

「自分です。誰だって常に自分が一番に大事じゃないですか」

まさかの『自分中心』発言に激震が走る。

「でもみんなが自分ばかり大事にしていたら、人類は滅ぶんじゃないか？」

「滅びません。一人一人が最高にハッピーになろうとすればいいんですから。なれた人がなれなかった人を助けるだけですよ。世界平和は簡単なことです」

簡単じゃないよ、と心の中で否定しつつも、彼女の突き抜けた思考が羨ましく思えた。自分が幸せになることが世界平和に貢献すること。それがタージの原動力なんだな。

「なあ、うちのサークルの会長になる気はあるか？」

「あります、あります」と元気いっぱいに連呼する。

「じゃ、推薦するよ」

誰よりも心からサークルを楽しめる人が適任者だ。タージなら俺や奏のように調整役に徹することはない。彼女の自分勝手な猪突猛進は周囲を苦笑させながらも、幸せな方向へみんなを引っ張っていく気がしてならない。

タージが先導するサークルを早く見てみたい。今すぐにでも会長の座を譲りたいくらいだが、まずは彼女への偏見を取り除かなければならない。一人一人に働きかけていこう。

第五章　手の中の空白

観覧車は秘密を閉じ込めて回る。くるくると。高所と密室がゴンドラ内に非日常の空間を作り出す。その中では乗客の心が緩み、秘め事が体外へ漏れてしまう。ゴンドラ一つ一つにそれぞれの秘密があり、一周する十五分の間に多種多様なドラマが展開されている。

その人間ドラマに俺は聞き耳を立てる。観覧車の係員であることを利用してゴンドラにICレコーダーを忍ばせ、乗客の会話をひそかに録音しているのだ。客を乗せる前にゴンドラ内の点検をしながら、座席の下にあるくぼみにICレコーダーを押し込む。そして一周したゴンドラから客を降ろす際に回収する。

この悪趣味のために俺は今年で三十三歳になるにも拘(かか)わらず遊園地でバイトしている。大して時給は良くない。制服はダサい。上司はサービス向上に喧(やかま)しい上に、なんでもかんでも人のせいにする。それらに辛抱できるのは、観覧車の中の秘密には客の人生が凝縮されているからだ。それを知るのは魅惑の快感だ。一度覚えたらやめられない。

客の列を見て面白いドラマが起こりそうな人たちを物色する。交際歴の浅いもじもじしたカップル。倦怠期の夫婦。歳の差のある男女。そういう『おや？』と期待感の湧く人たちが好物だ。

知的な会話もいいが、見るからに頭の悪そうな若者のお喋りも良いスパイスになる。無知な人間にもその人なりの思考があってユニークだ。時に愚か者は売り言葉に買い言葉に因って、頭でっかちな人間には辿り着けない真理に到達することもあるので侮れない。

客の中には一言二言だけしか交わさないでゴンドラを降りるカップルもいるけれど、その無言さえも楽しめる。乗る前と降りた後の客の表情を思い出して、声なき声を想像するのも一興だ。

バイトが終わってから観覧車のゴンドラの中で煙草をふかすことが習慣になっている。口にハイライトを咥え、右耳にイヤホンを突っ込む。そしてＩＣレコーダーを弄り、その日隠し録りした乗客の会話の中から最も気になったものを再生する。それが俺の仕事の締め括り方だ。

いつものようにシフトが一緒だったバイト仲間を先に上がらせる。自分はゴンドラの中で煙草に火を点け、ポケットからＩＣレコーダーを取り出して再生する。得意げな子供の声が『金の好きな王様』のあらすじを語りだす。

ある王様が神様にお願いして触れるものは全て黄金に変化する魔法をかけてもらうのだが、食べ物まで黄金に変わるので飢えに苦しんだ。終いには抱き寄せた姫まで黄金になり、悔やんだ王様は神様に頼んで元に戻してもらう。

景色そっちのけで話して聞かせる子に対して、同乗している母親は相槌を打ちつつ「凄く高いね」「あの建物はなんだろ？」「あれ、綺麗だよ」と関心を窓の外へ向けようとする。

俺はほくそ笑む。女の子は観覧車の列に並んでいる時から口が達者で、母親は手を焼いていた。この利発そうな子がゴンドラ内で十五分間も無邪気に景色にはしゃいでいられるわけがない。俺は嬉々としてICレコーダーを仕込んだのだった。

「道徳の時間に読んだの」

鼻高々に言った女の子はほとんど支えることなくすらすらとあらすじを話せた。

「よく覚えたね」と母親は親馬鹿っぷり全開で褒め称える。

やはり暗記だったか、と俺も感心して目を細める。母親は小さなハンドバッグ、子供は手ぶらで絵本らしき物は持っていなかった。

「簡単だったわ」

「面白かった？」

「王様は頭が悪い。聡美が王様ならもっとうまくやる」

それが道徳の授業の読書感想だとは。

「どんなふうに？」

「王様なんだから召使いにご飯を食べさせてもらえばいいのよ。トイレもお風呂も召使いにやってもらうの」

「いい考えね。でもそれだとお姫様を抱っこできないわ」

「できなくてもいいの」

「それじゃ、お姫様が可哀想。聡美だってママに抱っこされなかったら哀しいでしょ？」

「ママも聡美を抱っこできないと哀しいの？」

「もちろん」

「そんなの嘘っぱち」

「嘘っぱち？」と母親は驚きの声を上げる。

いったいどこでそんな言葉を習ったのだろう？　俺も気が動転した。

「聡美、知ってるの。世の中には両手がない人もいるでしょ。その人たちは死ぬまでずっと可哀想なままなの？」

「それは……」と母親は言葉が続かない。

「先生も黙っちゃった」

「先生にも同じことを言ったの？」

「うん。だって、思ったことを素直に発表しなさいって言ったんだよ」

「人を困らせることは言ったら駄目よ」とややヒステリックな口調で諭す。

「みんな嘘っぱち。先生もママも嘘っぱちよ。正直はいい子なのに。本も嘘っぱち。あんないい加減な神様なんていない」

　子供が喚(わめ)き始めた途端に「ピシャン！」という鋭い音が響いた。それから数秒の無音のあとに、子供が大声で泣き出した。言い負かされた母親がカッとなって手を上げたのだ。最低な親だ。ＩＣレコーダーを握る手に力が入った。だけどこんな俺に人のことをとやかく言う資格はない。

　我に返った母親はどうにかして子供を宥(なだ)めようとしたが、なかなか治まらない。この時点で再生時間は十分を過ぎていた。残り五分のうちに泣きやませないと地上で待っているのは非難の視線だ。

　泣きじゃくる子供を抱きかかえてゴンドラを降りる客は時々いる。そういう親子を目にしても、大半の人は『高所が怖かったんだね』と微笑(ほほえ)ましく思うだけだ。ただし、子供の頬が赤く腫(は)れ上がっていたら、周囲の反応は大きく異なる。

　でも母親にはまだチャンスが残されていた。子供は良くも悪くも飽きっぽい。いつまでも泣きっ放しでいられない。徐々に涙声のボリュームが落ちていっている。泣き真似(まね)

にシフトし、薄目で妥協点を探り始めているに違いない。

母親が子供の意図を察して『あとで好きなお菓子か玩具(おもちゃ)を買ってあげるから』と交渉すれば、このピンチを切り抜けられる。しかし母親は子供の習性をわかっていなかった。

「なんでスマホしてんのよ！」と女の子は叫ぶ。

おそらく母親はメールかＬＩＮＥを送っていたのだろう。子供の泣き声は復活し、ゴンドラは険悪な空気を充満させたまま乗降場に到着しかける。本来ならひと回りしたゴンドラのドアを係員の俺が開けて二人を降ろし、ＩＣレコーダーを回収するはずだった。

ところがその直前に見知らぬ男が突然詰め寄ってきた。三十代後半くらいの男が俺に言いがかりをつける。好き放題に喚き散らした末に、平手打ちを置き土産にした。

俺が公衆の面前で男に張り倒されると、周囲は騒然とした。その混乱に乗じて母親は子供を隠すように抱きかかえてそそくさと乗降場をあとにした。あの子はどんな顔をしていたのかな？　一目だけでも見られなかったことが心残りだ。

俺がぶっ倒れている間、コンビを組んでいた学生バイトの田嶋があたふたしながらも一人でゴンドラから乗客を降ろし、次の客を誘導してくれたので営業に支障はなかった。

それがせめてもの救いだった。

「センパイ」と突如として声がかかる。「ここにいたんですか」

私服に着替えた田嶋がドタバタと駆け寄ってくる。子供のことを思い巡らしていた俺は気持ちのスイッチを切り替えて、ICレコーダーをポケットへしまう。

「俺になんの用？」

「センパイは何をしていたんですか？」と質問に質問で返す。

「ラジオでプロ野球のクライマックスシリーズを」と俺は答えてイヤホンを指差す。

「へー。野球中継を聴きながらお喋りできるなんて、器用ですね」

「慣れれば誰にでもできることだよ」

「それじゃ、聴いたままでもいいので、お食事に行きましょう」

サッカー中継や芸人のトーク番組は駄目だけどプロ野球なら仕方がない、というニュアンスが含まれた『それじゃ』だった。この子は言葉の使い方がちょっとおかしい。理解に苦しむことがある。

「田嶋と？」と確認する。

「もちろんですよ。悩み相談ですから」

バイトとはいえ、先輩に相談する側なのに上からの物言い。自然と口元がひくつく。やっぱり俺はこいつが苦手だ。田嶋に限らず不思議ちゃんの頭の中には興味がない。

「あいにく金欠なんだ。別の人に相談してくれないか？」

「私が奢(おご)ります。悩み相談ですから」

そもそも田嶋って悩んだりするのか？　想像がつかない。とんでもない悩みをぶつけられそうな不安に駆られたが、今夜はアルコールの力に頼りたい気分だった。タダ酒ならどんな酒でも文句はない。今夜だけは素面で布団に入りたくなかった。

「じゃ、奢ってくれ」と言って耳からイヤホンを引き抜いた。

ジョッキに口を付けると、顔が歪んだ。居酒屋チェーン店のビールが傷に沁みたのだ。重たい平手打ちだった。肩を入れ、肘を捻り、手首のスナップを利用したビンタに口の中が切れた。

「知覚過敏ですか？」と能天気な声で訊く。

田嶋は悪い子じゃないんだけど、少しばかり頭が弱い。論理的に物事を考えることができない女だ。でも勉強はできる頭を持っているところが心憎い。偏差値の高い私立大学で法律を学んでいる。自称『検事の有精卵』だそうだ。

「ビンタされるのを見ていたよね？」

「はい。貴重なものをチラチラ目撃させてもらって、ありがとうございました」とテーブルにおでこがつきそうなほど深々と頭を下げる。

違うんだな。ビンタで負傷したからビールが沁みたことに気付いてほしい。気が利く子なら『それなのに食事に誘ってごめんなさい』って言えるよ。

「あのかたとはどういう関係ですか？」

「昔のオンナの今のオトコと言ったところかな」

一部始終を間近でチラ見していたのだから、男の罵声から推測してくれ。『もう二度と俺のオンナに手を出すな！』的なことを喚いていただろ。

「今すぐセンパイは物別れに終わった女性に謝ってください」

「なんで俺の方が？」

「物別れさんを困らせることをしたんですよね？」

なんだよ、『物別れさん』って？

「まあ、本を正せば俺のせいだけど」

「女の子を泣かしたらいけないんですよ」

今にも担任の先生にチクリに行きそうな言い方だ。田嶋は正義感がやたらと強い。客の入りが少ない時間帯でも決して怠けない。バイトは楽して稼ぐもの、という考えがない。こっちの肩にも力が入ってしまうくらいクソ真面目だ。

飲酒は二十歳から。あってないようなルールも頑なに守り、彼女はホットココアを飲んでいる。

「今すぐ謝ってください」

「電話でってことか？」

「電話でも手紙でもなんでもよいです。直接がよいなら一緒に行きましょう」

なんで一緒なんだ？

「あいつは大丈夫さ」

「強い女の子なんていません。だから謝るんです」

俺はピースサインを田嶋に向けた。

「女は二種類にしか分けられない。泣いてブサイクになる女と、泣いた分だけ綺麗になる女。あいつはまた一段といい女になるんだから、謝る必要はない」

「それなら、私も」となぜか張り合ってピースした。「男の子は二種類しかいません。きちんと謝れる子。言い訳ばかりする子。私は謝れる子が好きです。だから謝ってください」

誰か間に入って通訳してくれ。

「わかった。降参だ」

肘から上だけで両手を挙げる。

「では、謝りましょう」

「でも絶対に許してくれないと思う」

「謝ることが大切なんです。物別れさんは許さなくても、神様は許してくれます」

いたって真剣な顔。田嶋は宗教をやっていないが、神様の存在を信じている。俺がバイトで手を抜こうとすると、いつも『神様はちゃんと見ているんです』と説く。ぶりっ子じゃなくてマジだから性質が悪い。

俺はスマホを手にし、かけているポーズをする。

「繋がらない。出るわけないよな」と芝居を打つ。「留守電になった」

謝罪の言葉を留守電に残す演技をしてから、スマホをポケットに戻す。

「頭を撫でてよいですか？」

「俺の？」と訊き返す。

「当たり前ですよ。どうして自分の頭を撫でるのにセンパイの許可がいるんですか？」

田嶋に非常識人扱いされると、途方もなく惨めな気分になる。

「遠慮しとく」

「駄目です。良いことをした時は褒めないと悪い子になるんです」

「手遅れさ。俺はとっくに悪い子だ」

「更生しましょう！」と元気よく右手を天井に伸ばす。

「俺はビンタされて当然の男なのさ。もう更生の余地はない」

見物人が大勢いる中で今のオトコが恋人のために昔のオトコを成敗した場合、問答無用で昔のオトコにクズのレッテルを貼るのがマナーだ。田嶋もそうしてくれると助かるのだが。

「何を寝ぼけたことを言っているんですか。更生できない人なんていません」

「事情を知ったら田嶋も考え直すと思うよ」

「話し辛いことですか？」と突っ込んでくる。

「そうだな。人に威張って言えることじゃないから、自分の胸に留めておきたい」

「私、口が軽いんです」と田嶋は慌てた様子で両手で耳を塞ぐ。

「じゃ、事情は話さないよ」

「神様への懺悔が終わったら『もういいよ』って声をかけてください」

話が噛み合わない。俺の声が聞こえていないようだ。完全に耳を塞いでいたら『もういいよ』も聞こえないじゃないか。

俺はしばらく小声で何かを呟いているような振りをする。頃合いを見てから『もういいよ』と口を動かす。すると、田嶋の目が『えっ？』と大きくなる。俺はもう一度パクパクする。

「モウリーニョ？」と彼女は自信なさそうに訊ねる。

なんでサッカーの名監督がここで出てくる？　欧州サッカーの話をしていたっけ？

俺は三度目の挑戦をする。一文字一文字ゆっくりと口を開ける。

「登竜門？」

断念して腕を伸ばす。田嶋の右手首を摑んで耳から手を離させた。

「すっきりしましたか?」

「まあ」と合わせる。

「聞き上手じゃなくて、ごめんなさい。よく言われるんです。『タージはお喋りだ』って。『タージに秘密を教えると、すぐバラしちゃう』って。だからどうしようもない時以外は、人の秘密を聞かないことにしています。漏らさないように我慢するのも骨が折れますし」

田嶋の言葉の蛇口は馬鹿になっているのだろう。欲しいタイミングで欲しい量を調節できない。

「息も止めてた?」

「え?」

「顔が赤いから。息も荒れているし。しんどいなら無理に喋らなくていいよ。深呼吸しな」

「あの、これは、その……」と狼狽(うろた)える。「なんでも、なんでもないのでごじゃります」

彼女はマグカップを手にし、ホットココアをがぶ飲みした。注意する間もなく、ココアに秒殺される。口の脇(わき)から顎(あご)へ茶色の液体が滴(したた)る。俺がジョッキを手渡すと、田嶋は急いでビールを口に含む。なぜだかジョッキを持っていない手は耳たぶを摘(つま)んでいた。

「平気か?」

田嶋は大きく頷く。

「火傷した？」

今度は小さく肯定する。軽傷のようだ。俺は店員を呼んでお冷やを持ってきてもらった。でも彼女はそのグラスを手に取らない。

「どうした？」

彼女は頬を膨らませ、両腕をクロスさせて『×』を作る。未成年だから含んだビールを飲み込めないらしい。俺はジョッキに残っていたビールを飲み干す。

「これに吐き出しなよ」

田嶋は頭を激しく左右に振り、テーブルの端にあった『お客様の声』用のボールペンを手にする。

『食べ物を粗末にすると国が潰れます』と自分の手のひらに書く。

アンケート用紙に書けばいいものをそうしないのは、紙の資源を粗末にすると国が潰れます、という理由からだろう。融通の利かない子だ。

「じゃ、飲み込みなよ。一口くらいなら飲んでも捕まらないさ。日本酒やワインを使った料理を食べたこと、あるだろ？　それよりは少ない量だ」

田嶋は納得のいかない顔つきでボールペンを走らせる。

『センパイが口移しで飲めばよいいんです』

「それを？」と彼女の頬に人差し指を向ける。

　彼女はコクリとする。悪びれた様子は窺えない。

「それはヤバいだろ」

『恋人がいるんですか？』

「いや」

『もしかして、センパイは男専門の子ですか？』と手の甲に。

　親指の付け根まで書くと、ブラウスの袖を捲り始める。今度は腕がメッセージボード代わり。

『物別れさんを困らせたのもそれが原因？　それなら絶好のチャンスです。女遊びも芸の肥やし。歌舞伎役者さんのように女好きを装ってみんなの疑惑を晴らしましょう。大丈夫です。私、そういうことでしたら喜んで協力します。チューしていいですよ』と二の腕までタラタラと書き連ねる。

　疑問だらけだ。どういう方程式を使えば、俺が男専門になる？　末恐ろしくて鳥肌が立った。この子はこれからどれだけの被害者を生み出すんだ？　何かの手違いで検事になったら大変だ。冤罪事件が増えるに違いない。

「俺はただの女好きだ」

『最初はみんなそう言うんですよね』

知った風なことを……。もうどうでもよくなってきた。何を言っても田嶋の暴走は止まりそうにない。

「男専門ってことでいいよ」

根負けした瞬間、あるフレーズが記憶の回線にリンクする。『肥やし』だ。俺は店員を呼んで事情を説明する。店員は空になったペットボトルを洗浄して持ってきてくれた。

「これに吐き出しなよ。あとは俺が家に持ち帰ってゴムの木の肥料にする。ビールはタンパク質が含まれているから上質な肥料になるんだ」

事務所で飲んだくれていた探偵は依頼が入るとビールを観葉植物に噴きかけて一言。『水より上等な栄養だろ?』とキメて、街へ調査に出る。二ヶ月ほど前にミニシアターで観たオランダとドイツの合作映画のワンシーンだ。

田嶋は少しずつペットボトルにビールを移す。

「センパイのゴムの木の名前はなんて言うんですか?」とキャップを閉めてから訊ねる。

なんで植物に名前を付けるんだよ? それに名前を気にする前に、何か忘れてない?

『博学ですね』とお世辞を言ってもいいところだよ。

「レインブーツ」と嘘をつく。

名前どころか、うちにはゴムの木はない。まだ田嶋の悩み相談が一歩も進んでいないのに、疲労感が半端ない。これ以上は彼女のペースについていけない。

「素敵な名前です！」と絶賛する。

「そう？」

「はい。捻りがあって素敵です。私なんて『近藤（こんどう）』ですよ。お恥ずかしい」

あえて訊かないけれど、どうやら田嶋はゴムの木に名前を付けて育てているようだ。

不運な偶然が重なった。

「そうだ！」と彼女が声を弾ませる。「今度、センパイの家に『近藤』と泊まりに行っていいですか？」

「なんで？」

「私の『近藤』には友達がいないので、ほかのゴムの木と交流する機会がないんです。実家暮らしだと、気軽に買い足せないんですよ」

時々『植物同士が会話する』や『植物は人の気持ちを理解できる』という話を耳にするが、田嶋は丸ごと信じているのだろう。

「うちが片付いたらな。引っ越したばっかかだからさ」

「はい。絶対ですよ」

力んで確認した彼女の目が怖かった。

「絶対」と大人の口約束をする。

俺はゴムの木を育てていないし、田嶋をうちに招待する気なんて更々ない。しかしながら、軽率な奴だ。若い女の子が簡単に男の部屋に上がっちゃ駄目だ、と忠告するべきか？

長引きそうだからやめておこう。失敗から学ぶことも大事だ。それも社会勉強だ。どこかにはいるかもしれないゴムの木をペット化している男が、俺に代わって彼女に教訓を与えればいい。

「田嶋んちにもゴムの木があるなら、そのビールは田嶋が持って帰りなよ」

「えー、いいんですか？」

「ああ」

「やったー！」と万歳する。「ありがとうございます」

そこまで大喜びされると、なんか調子が狂う。

「それで、相談事って何？」

「やっとですね」と溜息交じりに言う。

それを君が言っちゃう？　こいつが一回り以上年下じゃなかったら、男専門疑惑をかけられた時点で店から出ていた。

「バイト中によく見かけるんですが、観覧車さんに乗ると人はどうしてチューをするんですか？」

「吊り橋理論って知ってる？」

田嶋は首で『NO』と答える。

「男女が揺れる吊り橋を一緒に渡ると、緊張感を共有することに因って恋愛感情を抱き易くなるんだ。それが観覧車でも起こっている。高所の恐怖感に加えて、外界から遮断された狭い空間がドキドキに拍車をかける。『気まずいから何か喋らなくちゃ』って焦るけど、緊張で声が出ない。出てもギクシャクした会話しかできずに更に焦る。わかるかな？」

「ふむふむ」とベテラン刑事のような渋い頷き方をする。

「声を出そう。面白い話をしよう。そうやって口にばっか意識が向く。口でこの緊張した状況を打開しようと模索する。でもうまく喋れない。となると、トークのほかに口でできることは数少ない。消去法で最後にキスが残る」

「消去法ですか」とアヒルみたいに唇を突き出す。

「納得できない？」

「私、吊り橋を渡っていなくても、観覧車さんに乗っていなくてもチューがしたいんです。したくてしたくて、身を捩ってしまうんです。これって病気ですか？」

不意に女の顔になり、心を吸われかける。

「それは恋だろ」

「恋ってあの？」と言い、田嶋は左胸の前で両手の指先を繋げてハートの形を作る。

なるほどね。そういうことか。最近になって服の趣味が変化したのも合点。サロペット一辺倒は変わらないが、ファッションの傾向がボーイッシュからフェミニンになった。お洒落に目覚めたのかと思いきや男の影響だったか。好きな人の趣味に合わせているのだ。乙女だね、としみじみする。

「ほかに何があるんだ？」とこれまでの仕返しをする。

「こどもの日に空に泳がせるのぼり」

「恋したことがないのか？」

「こんな見てくれですが、生娘なんです」

いやいや、そういうふうにしか見えないから。

「したければ、勢いでキスしちゃえばいいじゃん。よっぽど嫌われていなければ、女の子からキスされて嬉しくない男はいないよ。もちろん相手に恋人がいないことが前提だけど」

「ということは、やはりセンパイは男専門なんですね？」

オンナがいない俺が田嶋との口移しを拒絶したからって、なんでそうなる？　自分が嫌われているって可能性は頭の片隅にもないのか？　疑問を投げ付けたかったが、どうせ受け止めないだろうから「はいはい」と流した。

「とどのつまり、相手のことはあーだこーだ考えないで、勢いで突っ走ればいい」と半ばやけっぱちに助言する。

「わかりました。助走を長めにとります。あとは一緒に吊り橋か観覧車さんで緊張すればいいんですね？」

「うん、まあ」と一瞬迷ったけれど、無理やり首を縦に振る。

吊り橋理論で結ばれたカップルの寿命は短いことが多い。錯覚が生んだ恋心なのだからしょうがない。そのことを彼女に伝えたら、悩み相談は振り出しに戻ってしまう。そろそろ田嶋ワールドから解放されたい。すでに俺は一食分の働きをしているはずだ。

「今日はとんだ厄日だったのに、付き合ってもらってありがとうございます」

本当に厄日だった。

「こっちこそ、ご馳走してくれてサンキュ。バイト代が入ったら、借りは返すよ」

「ホットココアがあるお店でお願いします」

奢るとは言ってない。田嶋とのメシは二度とご免だ。現金を渡して済ませたい。それにしてもココアに懲りていないとは。

「それ、落とさないでいいのか？」と彼女の手の甲を指摘する。

「私はこれでも年頃の女の子ですよ。季節に関係なく毎日お風呂に入っています」

入浴すればボールペンの字を洗い落とせるのは知っている。年頃の女の子が毎日の入浴を欠かさないのも。俺が言いたいのはそういうことじゃない。

「親が見たら、なんか言わないか？」

デカデカと『男専門』と書かれた手。もっと小さい字で書けばいいものを。俺に見え易いよう大きく書いたのか？

「私のところは法律さえ守っていれば、細かいことは言わないんです」

田嶋の親ってどんな人なんだろ？　素朴な疑問が浮かび、訊いてみる。

「二人ともセンセーです」と答えつつアンケート用紙に記入する。

規律を重んじる愚直さは親が教育者だからか。勉強ができるのも頷けた。だけど教師ならもうちょっとうまいこと調教できたんじゃないか？

彼女はペットボトルを持ってきてくれた『おちあい』への感謝の言葉を並べる。店員の名札をちゃんとチェックしていたことに感心する。意外と観察力がある子なんだな、と。

「そこは書かなくてもいいんじゃないか？」と空欄にすることを勧める。

「駄目です。自分の言葉には責任を持たないといけません」と主張して、名前・年齢・住所・電話番号・メールアドレス・職業を書き込んだ。

この子は個人情報を流出させる悪人がいることを知らないのかもしれない。

「次はセンパイです」と田嶋はボールペンを差し向ける。

「俺も？」

巻き添えに渋った。

「良いことをしたおちあいさんをべた褒めすると、もっともっと良いことをします」

「褒められることが癖付くと、善行を誰も褒めてくれない時には『もう二度と良いことなんかするもんか』ってぐれるかもしれない」

餌付けされたイルカが一芸する度に餌を強請るように、ずっと甘やかされてきた人間はすぐに欲しがる。待てない。我慢できない。そして望んだタイミングで貰えないとすぐに拗ねる。俺も親に餌付けされた生き物だったから、田嶋が推進する『褒めて伸ばす』教育に難色を示さずにはいられない。

「おちあいさんがそういう気持ちになっても、悪いことばかりじゃありません。褒められない寂しさを理解したので、良いことをした人を見かけたら頭を撫で撫でするようになります」

彼女の声は右にも左にも揺らがない。真っ直ぐに俺に届いた。この子は人間を信じて疑わない。人間を愛しているんだ。侮蔑と羨望が混じった『馬鹿かっ！』と心で思う。

「はい。どうぞ」と彼女は俺の分のアンケート用紙を手渡す。

田嶋に論破されたわけではないが、言いなりになるしかない。馬鹿を打ち負かす言葉を俺は知らない。彼女と同じようにおちあいさんのサービスを褒め称える文を作る。でも名前以外は架空の個人情報を書き込む。俺は人間を愛していない。

バイトのおちあいさんが小遣い欲しさに客の個人情報を売ったとしても、なんらおかしくない。だけどボールペンの転がりが悪い。何かが心の流れを滞らせている。ザラザラした書き心地。ドロドロした罪悪感。

血迷うな。今更、書き直せないだろ。やり直せやしない。普通のボールペンの字が消しゴムで消せないように俺の不誠実さは正せないんだ。俺は『ここまで来て躊躇うなんて馬鹿かっ！』と誰にも聞こえない声で罵った。

翌日、日が暮れ始めた頃に田嶋が「あっ！　センパイ！」と声を上げた。俺は何事かと振り返る。でも彼女は別の方向を見ている。俺を呼んだのではないようだ。田嶋の視線を辿る。学生風の二人組が彼女に軽く手を振っていた。

「何しているんですか？」と田嶋は客の列に向かって声を張る。

顔の整っている方が「下見だよ」と快活に答えた。少しは周りに配慮しろよ。あとでほかの客から『知り合いの客と談笑していた』とクレームが寄せられたらどうするんだ？　それに男二人で観覧車に乗ってなんの下見だ？

田嶋と同じ大学の学生と思しき二人はどっちも今時の若者っぽい。毛先を遊ばせ、足先にも気を遣っているお洒落さん。ごく自然な笑みを浮かべ、立ち居振る舞いに品性を感じる。『私だって昔はイケイケだったんだから』が口癖の母親になら受けは良いだろう。喜んで娘のボーイフレンドをもてなす。

偏差値が高いだけのことはあって、二人とも自分の盛り方を心得ている。綺麗に上辺を薄皮一枚で覆っている。なんでもかんでも覆い隠さないところが上品だ。しかし俺が田嶋の親父なら家に上げない。一昔前の俺は彼らと似たり寄ったりな大学生をやっていたから、彼らの底の浅さが透けて見えるのだ。

俺は典型的な大学デビューだった。男のくせに月に一回美容院に通い、ファッション雑誌を真似、流行りモノにアンテナを張り続けた。それでいて『俺って個性的だよな？』とスマートに猛アピールしていた。どこのキャンパスにもいる輩の一人だった。苦労知らずの大学生じゃ人生経験の蓄積量は皆無。上っ面だけを取り繕うことしかできない。だからみんなで似たような格好をし、同じ話題を共有し、肩を寄せ合いながらも互いに空威張りする。あの年頃の男は異性よりも同性の視線を気にする。異性は群の外でも捕獲できるが、群で舐められたらキャンパスライフの花は散る。

大学の先輩たちが観覧車に乗る直前に、田嶋は「センパイ、センパイ」と俺に声をかけた。

「こちらは私の大学のセンパイがたです」

彼らは爽やかに会釈する。

「そしてこのかたはなんと……」と田嶋は溜めてから「私のバイトのセンパイです。ジャーン！」と紹介する。

彼女は両手を俺に向けてヒラヒラさせて仰々しい演出をした。勿体ぶって言わなくても、若々しさが後退した顔と制服からバイト先の先輩であることは一目瞭然だ。

「どっちも『センパイ』じゃ、わかり難いだろ」と顔の作りが見劣りする方が指摘する。

「あっそうでした」

「っとに、タージは天然だな」とイケメンが。

そして二人して『うちのタージがどうもすみません』的な顔をする。田嶋の保護者ヅラが癇に障った。また、彼らは『フリーターですか？』という顔をしなかったのが歯痒く、その知的な面の皮を剝がしたくなった。その欲求に呼応してケツのＩＣレコーダーがもぞもぞする。俺は後ろポケットに手を入れた。

本日の営業時間が終了し、観覧車の掃除を始める。ゴンドラを一つずつ乗降場に停め、田嶋が中の清掃をする。床を掃き、アルコールを染み込ませた雑巾で座席と窓ガラスを拭く。俺は脚立に載って外から窓ガラスを綺麗にする。

丹念にはやらない。ゴンドラは六十もあるから、いちいち丁寧にやっていられない。だけど田嶋は四角四面。どのゴンドラも『貴賓を乗せるつもりか？』というくらいにきっちり掃除する。

ある時、彼女は『初めて月面をふわふわ歩いたアームストロング船長は、これは一人の人間にとっては小さな一歩だけど、人類にとっては偉大な飛躍だ、という言葉を残しましたが、日頃から一歩ずつ頑張れば私やセンパイだって月に行けるんです。だからサボっちゃいけません』と俺を注意した。

まだ小娘だから知らないのだ。社会に出れば、努力や誠実さが必ずしも報われるとは限らないことを痛感するはずだ。でも額に汗して働く田嶋を疎ましく思うのは、自分がけしからん人間だからだ。彼女の存在が俺の良心をチクチク刺激する。

「センパイ、センパイ」

全部のゴンドラの清掃が終わると、田嶋が繰り返した。

「なんだ?」

「観覧車さんに乗ってください」

「どうして?」

理由が省かれている。これこれこういう理由があるから、という前置きがなくていつも唐突だ。

「懺悔しましょう」

「神様への懺悔は昨日やった」

「昨日、言っていたじゃないですか。『すっきりした』と。だからもっとすっきりしましょう。未熟者の私じゃお手伝いできませんから、今日は観覧車さんに聞いてもらうんです。一周している間に好きなだけ懺悔してください」

　また始まった。不思議ちゃん発言。田嶋は観覧車が生きていると言い張る。根拠は『息遣いを感じるんです』だけ。彼女はゴンドラの清掃中に鼻歌を唄うのだが、『私のリズムに合わせて観覧車さんは動くんです』と主張する。自分がリズムに乗って作業しているから、そう感じるのだ。動いているのは観覧車じゃなくて自分だ。

「いや、いいよ」と遠慮する。

「駄目です。誰かに話すことは良いことです。心が軽くなります。心が重いままだと、どんどん罪深い人間になってしまうんですよ」

　真面目ちゃんが公私混同を提案していいのか？　見つかったら上司に怒られるよ。言いたいことはいっぱいある。でも昨日の今日で田嶋と真っ向から討論するエネルギーは残っていない。闘って徒労に終わるなら、黙って従う方が利口だ。俺はゴンドラに足を踏み入れる。

「昨夜は言い忘れてしまいましたが、罪の告白をしている間は目を瞑ってください。その方が自分の気持ちに正直になれるので」と言って彼女はドアを閉める。

　それから観覧車を動かし始めた。俺はＩＣレコーダーのボリュームを低くして再生する。時間と密室の有効活用だ。さてさて大学の先輩たちはどんな裏の顔を隠しているのか？


「これって一周何分くらい？」

「さっき計ったら十五分だった」

「できるか？　脱がす時間もあるしな。抵抗されたらもっとかかるぜ」

「そこんとこはノープロブレム。きちっと誘導しておいた。『タージはワンピも似合うと思うんだ。男受けがいい服だし、観覧車にワンピで来てくれると嬉しいな』って」

「タージは八代の言いなりだもんな」

「モテる男は辛いぜ。俺が『一般的に男は清楚なファッションを好む』って教えてからはフェミニンなサロペットばっか。露骨すぎて引くわ」

「だな。前会長の八代に悩み相談を持ちかけるなんて、どストレート過ぎて惚れてるのがバレバレだ。タージの子守り役は会長か副会長って決まってるのにさ」

「俺も初めは『何かあった時は会長か副会長に相談するようにって言われているだろ。俺はとっくにサークルを引退して会長じゃないから』ってウザがったんだけどさ、タージが『恋愛経験が一番豊富なセンパイじゃないと駄目なんです』って断固として譲らなかったんだ」

「っとに、どストレートだな」

「ここ一週間くらいは、宮崎がずっと休んでるからって、『会長が大学に来ていないので』を口実に猛アプローチしてくるんだよ」

「ホントにガツガツし過ぎだよな。今日だってさ、みんながいる学食で観覧車に誘わなくてもいいのにな」

「俺のことしか見えてないんだよ。だから甘い言葉で告ってから言い包めれば抵抗しないぜ」

「だな。おまえの『観覧車を満喫するには、三人で乗るのが一番』って俺を追加するアイデアもスルッと通ったもんな。普通なら嫌がるぜ。二人きりが観覧車の醍醐味なんだからさ」

「全ては俺の魅力の罪だな」

「よく言うぜ」

「おまえにも分けてやるから、しっかりビデオカメラに収めろよ。世間知らずのタージなら『観覧車でするのが流行ってる』『初めて結ばれる時は、記念に動画を撮るのが一般的だ』『みんなカメラマンの存在なんて気にしないし、カメラマンに幸せのお裾分けをするのがマナーなんだよ』って言っておけば平気さ」

「家かホテルに連れ込んだ方が楽なんだけどなー」

「観覧車でするのが俺の長年の夢だったんだ。なかなか許可してくれる女と巡り合えなかったけど、ついに俺の夢が叶う時が来た」

「っとに、ど変態だな」

「ど変態でも神に愛された男さ。タージに『観覧車に乗りに行きませんか?』って誘われた時は、神の存在を信じたぜ。マジで感謝した。神様、宮崎を休ませてくれてサンキュー!」

「そういや、宮崎ってなんで休んでんだ?」

「知らなかったっけ?」

「聞いてねー」

「そっか。おまえも最近休んでばっかかだったもんな」

「だから情報に乗り遅れてんだよ」

「この間、関西の方で川が氾濫しただろ。大雨で。宮崎はその片付け作業にボランティアで行ってんだよ」

「なんだ、それ?　就活のための点数稼ぎか?」

「詳しくは知らねーけど、菅野が怪しげなボランティア団体に入ってサークルに顔を出さなくなったんだよ。それで心配した宮崎が救い出そうとしたら、ミイラ取りがミイラになっちまったらしい」

「余計な人助けなんてするからだ。菅野のことなんか放っておきゃよかったのに。菅野はさ、タージと仲良くしだしてサークルで浮いちゃったから、気まずくなって大学に来なくなったようなもんだろ」

「菅野に感化されたのか、宮崎はお人好しがブームになったみたいだ。奏と一緒になって『タージを無視するのをやめよう』ってみんなを説得していたんだぜ」

「完全に終わってんな。正気じゃねー。そんなことして、意味あんのか？」

「一応、無視はなくなったらしい」

「どうせ形だけだろ。無意味さ」

「意味はあるよ。ミイラたちのおかげで俺がタージと仲良く話していても、周りの連中は『宮崎たちに言われたんだろうな』っていう目で見る。俺まで浮くことはない」

「なるほどな。タージ派のミイラたちがお膳立てしてくれたわけだ。そんで、ミイラたちがいない隙にお馬鹿なタージがホイホイと鍋と葱を背負ってやって来た」

「いいね。その表現。宮崎たちの慈善活動が巡り巡って俺たちに鴨鍋を提供してくれたんだから、あいつらに感謝して食べないとな」

「ゴチになりまーす」

　初めから終わりまで下衆な笑い声が会話に交じっていた。ＩＣレコーダーを床に叩き付けたい。こんな記録を所持していたら、感染して自分まで汚らわしい人間になってしまいそうだ。

案の定、田嶋は大学で浮いた存在になっているようだ。近頃は『菅野』『宮崎』『奏』が擁護して風当たりが弱まっているが、大勢にはさほど影響がないらしい。多勢に無勢。圧倒的にアンチが多い。ほとんど後ろ盾がないに等しい。

田嶋に味方が少ないことと、自分に惚れていることに付け込んで、八代が悪巧みを企てた。もし田嶋が騒ぎ立てたとしても前会長の人望で黙殺できる、と踏んでいる。彼女は泣き寝入りするしかないのだ。

「どうかしましたか？」とドアを開けた田嶋が不安そうに訊く。

きっと俺の面持ちがひどいのだろう。

「いや、なんでもないよ」

「じゃ、すっきりしたんですね？」

あどけない顔。世の中が善人ばかりだと思っている。あっちのセンパイもこっちのセンパイも悪人なのに。だが俺は小悪党だ。他所様のプライバシーを侵害するが、隠し録りした情報を元にして悪さはしない。

「おかげさまで」と誤魔化し、無知を装って質問する。「ところで、大学の先輩たちは『下見』って言っていたけど、なんの下見に来たんだ？」

「明日、一緒に観覧車さんに乗るので、その下見です」

「明日？」と思わず声が大きくなる。

そっか。明日のシフトに田嶋は入っていない。

「はい。私が同乗をお願いしたんです。高い場所が苦手なのかもしれませんね。前日に練習しに来てくれるなんて貴重なセンパイがたです」

「無理強いはよくないから、観覧車はやめたら？」

「駄目です」といつもの調子で突っ撥ねる。「観覧車さんじゃなければ、駄目なんです」

やっぱり惚れているのか。どうしてもキスがしたいようだ。その場に第三者がいても構わないほどに。

「田嶋のチューしたい人ってどっちの先輩？」

声を頼りに八代はイケメンの方であることが推し量れたが、念のために確認しておく。

「聞き上手な方のセンパイです」と少しも間を置かずに即答する。

それだけじゃどっちの若造かわからないだろ、と駄目出ししたかった。でも彼女の顔がみるみる女の顔へと切り替わっていく。頬が赤く染まり、視点が宙を彷徨う。そこから先を訊くのは憚られる。

気の毒になるほど、田嶋は恋に恋している。この純朴な子を陥れようとは世も末だな。だけど世間知らずの娘が大学に入って先輩の毒牙にかかる。キャンパスライフではよくあることだ。それも社会勉強だ。

俺がけしかけたことじゃなければ、そう切り捨てることができた。俺は『観覧車に乗ればキスできる』と勧めてはいないけれど、結果的には田嶋の背中を押したことになっている。このままじゃ夢見の悪い日が続く。

さて、どうしたものか？　大学の先輩たちを説得するのは現実的に難しい。証拠のICレコーダーを見せびらかし、隠し録りの趣味を白状するのはリスクが大きい。それ以前に、あいつらと交渉している時間がない。

そうかといって、彼女に危険を報せたところで俺の言葉を鵜呑みにするか怪しい。バイトのセンパイと大学のセンパイ、どっちが勝つ？　そりゃ、好意のある方だ。

センセーである親の言うことは聞くか？　あの頑固さが親の前で軟化するかは微妙だ。確実性に欠けるから、田嶋の親にチクる案はボツ。こうなったら止むを得ない。ちょいと悪事に手を染めるか。

バイトの帰りに、昨夜田嶋にご馳走になった居酒屋に寄る。店に入るなり、店長を呼び付ける。恭しく店の奥から出てきた店長は俺と同年代くらい。その歳で大したものだ。

でもよくよく考えてみれば、店長を任されてもおかしくない年齢だ。ただ単に自分が歳を重ねている感覚に疎いだけだ。俺の時計は止まったままで、周りはどんどん先へ進む。

店長を「外で話そう」と店外へ連れ出す。初めての経験のようで彼はおどおどしていた。俺はすぐには手の内を見せない。腕組みをし、不満な顔を作って対面する。彼はクレームを待ち構えているから、こっちから攻めても簡単には崩れない。向こうの布陣を乱すための無言。

不憫（ふびん）な時間が俺と店長にサンドされる。何が飛び出すかわからない圧力を彼に与える。訊くのは怖い。だけど訊かなければこの緊張感から逃れられない。プレッシャーが彼をこっち側へ歩ませる。

「どうされましたか？」と店長は堪（こら）えきれなくなって口を開いた。

でも俺は無言のまま仁王立ち。彼の目から生命力が抜けていく。

「お客様」ともう一度トライする。

「あんたとこのあのアンケートの扱いってどうなってんだ？」と満を持して切り出す。

「と、言いますと？」

「『お客様の声』のことだよ」と意識して声を大きくする。「あれは従業員なら誰でも見られるんじゃないのか？」

「確かにそうですけれど……」

喉（のど）が窄（すぼ）まっていった。

「昨日、あれに書いてから怪しげなアドレスのメールが俺と春にひっきりなしに来るんだよ。春ってのは俺のオンナな」

店長の目から一段と生気が抜ける。

「もちろん、あんたんとこの誰かが漏らした証拠はない。だけど俺たちが不審がるのはわかるよな？」

「はい」

「あんたはラッキーだ」

「はい？」と彼は当惑する。

「俺は話のわかる男だ。警察に被害届を出したり、ネットで騒いだりはしない」と言って手を揉む。「あんたがきちんとした誠意を見せてくれたらな。俺のオンナもそれでいいってさ。わかるよな？」

「少々、お待ちください」と店に駆け込む。

一分もしないうちに戻ってくる。せっかちな犬に見えて可哀想でならなかった。店長は俺にドリンク券を手渡す。五百円のタダ券が二十枚くらいはありそうだ。

「なんだ、これ？」

「私どもの気持ちです」

「こういうのを貰っちゃうとさ、恐喝になっちまう。俺たちを犯罪者にしたいのか？」

「誠にすみません」と大振りで頭を下げる。

「俺たちはアンケート用紙を返してほしいんだよ。来月に結婚するんだ。そのついでに別のケータイ会社に乗り換えて家族割プランに入るつもりだ。そうすれば迷惑メールは来なくなるから問題は解決だ。誰かに結婚を妬まれている可能性もあるけど、あんたんとこもちょっと疑わしいから、大事を取って回収しておきたいんだ」

「わかりました」とあからさまに安心した声を吐き出す。

俺が自分と田嶋のフルネームを教えると、足取り軽く店内へすっ飛んでいった。そしてまたすぐに戻ってきて、俺に二人分の『お客様の声』を大人しく引き渡す。

「サンキュ」と田嶋の名前を確認してから感謝した。「助かったよ」

「私の教育が行き届かず、誠に申し訳ありませんでした」と深く頭を垂れる。

「あんたんところはまだグレーだから、そこまで謝らなくてもいいさ。それより、これ」とドリンクのタダ券を返そうとする。

目的は田嶋のメアドをゲットすることだった。

「いいんです。それはご結婚のお祝いとしてお納めください」

「いいのか？」

「はい。どうぞ、どうぞ。おめでとうございます」

「そういうことなら、遠慮なく。近いうちに利用させてもらうよ」

「お待ちしております」と心にもないことを言う。

俺も来店するつもりはない。

「んじゃ、おちあいくんのことは褒めておいてくれ」

家に帰ってから〈観覧車です。〉と件名を打つ。そして本文に入る。

〈いつも素敵な鼻歌をありがとう。聞き惚れてしまってついつい体がリズムに乗ってしまいます。

この度、メールを送ったのはあなたに危機が差し迫っているからです。本来は人間と意思疎通をしてはならない決まりがあるのですが、私に親愛なる気持ちを注いでくれるあなたのピンチを見過ごすことはできません。これは特別な措置です。決して他言しないようにお願いします。

明日、観覧車に乗るのをやめなさい。彼らは危険人物です。あなたを手籠めにし、あられもない姿をビデオカメラに収めようと計画しています。ですから、明日は家で寝込んだ振りでもしていなさい。そして今後二度と彼らに親しみを持って近付いてはいけません。

もしかして私を悪戯だと疑っていますか？　でしたら、あなたのアルバイトの先輩の秘密を教えましょう。今日、私の中で懺悔した先輩のことです。観覧車には守秘義務があるのですが、今回は特例です。あの先輩はあなたについた三つの嘘を私の中で懺悔しました。

一つ。『俺は物別れさんに謝罪していません』。

二つ。『俺はゴムの木を育てていません』。

三つ。『俺は男専門ではありません』。

もしもあなたに私を疑う気持ちが僅(わず)かでもあれば、あの先輩に婉曲(えんきょく)的に訊いて確かめなさい。ただし、私から聞いたことは伏せるのですよ。

それではくれぐれも私の厚意を無駄にしないように。私はあなたをいつも見ています。あなたが健やかな人生を歩むことを心より願っています。〉

こんな稚拙(ちせつ)なメールが通用するわけはない。誰もが一読で『バイト先の先輩の仕業だ』と推理できる。でもあの田嶋なら信じる可能性がある。半信半疑にはなるはずだ。そう思って送信したが、時折不安が引いては返す波のようにやって来る。いくら田嶋でも……。

ふと、なんでここまで彼女のことを親身になって考えているのか、と違和感を覚える。先輩たちの保護者ヅラを見た際に『俺の方が』と対抗心の火が灯(とも)った。なぜ、俺は張り合おうとした？

きっと田嶋の相談に乗ったことで、父性のようなものが芽生えたのだろう。彼女があまりにも危なっかしいから見ちゃいられないんだ。嫌々ながらもなんとなく面倒をみてしまう。

やっぱり俺は田嶋が苦手だ、と再認識する。いつの間にか自分のペースを掻き乱されていた。別の意味で危なっかしい奴だ。俺にとって危険人物だ。彼女に関わるのは今夜で最後にしよう。

一時間ほど経っても返信が届かなかったから、ホッと胸を撫で下ろした。これでぐっすり眠れる。田嶋は信じたのだ。悪戯だと思ったら、彼女は臆することなく犯人を特定しようと返信するはずだ。その行為を正すために。返信が来ないのは、観覧車さんには人間と意思疎通をしてはならないルールがあるので返したら迷惑がかかる、と考慮したからだ。

奇妙だな。理解不能な不思議ちゃんだと認定していた田嶋の思考を予測し、その読みが当たっていると確信している。ブルッと寒気がした。ストレスが溜まりに溜まった昨夜の悩み相談で、俺は彼女に慣れてきたのかも。あるいは触発されて俺も不思議ちゃん化しているのか？

おいおい、冗談はよしてくれ。今回は特例だ。あとはどこかの男が煮るなり焼くなり好きにすればいい。

次の日。観覧車の列の中に、大学の先輩たちを引き連れた田嶋を視界に捉えると、目が点になった。一目散に駆け寄って『何してんだ？』と問い質したい激情が襲う。でもその衝動の中にはアサリの砂を噛んだようなジャリッとした感覚があり、それが俺を踏み止まらせた。

　間違ったものを食べた時の戸惑い。少し遅れてわかる。自分が嫉妬していることに。田嶋は八代のことが心底好きなんだな。手籠めにされても、撮影されても全然気にならないほどに。

　田嶋は乗る寸前まで話しかけてこなかった。バイトの邪魔をしないように配慮したのだろう。

「センパイ、お疲れ様です」

　普段と変わらない伸びやかな声が俺の背中にかかる。彼女が喜ばしい体験だと思っているなら祝福してあげるべきだ。八代の長年の夢『観覧車での性行為』が叶う日であると共に、田嶋にとっても一生に一度の記念日なのだから。

　だけど言葉がうまく出ない。目を合わすこともできない。俺は聞こえない振りをしてゴンドラから客を降ろし、中の点検をする。そしてＩＣレコーダーを仕掛ける。ほとんど無意識に近かった。他人の情事に関心はない。そういう隠し録りは俺の守備範囲じゃない。しかも田嶋の初体験を聴きたいか？

　頭の中がクエスチョンマークだらけの俺の前を田嶋が横切ってゴンドラへ。続いて大学の先輩二人が乗り込もうとする。ここが最後のチャンスだ。肩をトントンして振り向かせ、不意打ちパンチを顔面に食らわせるんだ。そう思った時には三人ともゴンドラに乗っていた。俺は手慣れた動作でドアを閉める。

殴らなくて正解だった。俺は自己満足に走りかけただけだ。田嶋が『助けて！』と叫んだか？　叫んでない。彼女は観覧車に乗ることを自ら望んだのだ。しかし、もし田嶋が助けを呼んだら、俺はその場で取っ組み合えたのか？　あいつのメッセンジャーバッグからビデオカメラを取り出して、地面に叩き付けられたか？

何も断言できない。所詮（しょせん）、俺は半端者。これまで何一つ成し遂げたことがないヘタレだ。ここぞって時に体が動かない。頭の中で夢想してばかり。頭をでっかくしている間に機を逃す。

迷ったら駄目なんだ。迷った時点で自分への弁明をしていることになる。本物のヒーローなら体がひとりでに動くものだ。やはり俺は紛（まが）い物だ。ヒーローにもヒールにもなりきれない。

ゴンドラの清掃が終わると、シフトが一緒だった『沢亮介』という根暗のフリーターを先に上がらせ、乗降場に停まっているゴンドラに乗り込んだ。

でも今日ばかりは再生ボタンを押せない。三本目の煙草も指先を焦（こ）がしただけで灰へと変わり、ＩＣレコーダーの表示画面では日付と時刻の数字が点滅し続けている。

観覧車が一周する十五分の間に田嶋の身に何があった？　ゴンドラの中で八代の夢は実現したのか？　彼女の空白の十五分間が俺の手中にある。けど、聴いてなんになる？　どうせ後悔するだけなんだから、記録を消去すればいい。

聴いてしまったら、俺は八代に激しく嫉妬し、ぶつけようのない怒りに苛まれるだろう。そして自分が田嶋に好意を寄せていることを認めざるを得なくなる。と同時に失恋する。

消去するべきなのだ。空白を握り潰して灰色のままにしておけば、軽傷で済ませられる。悶々と悩み続けることにはなるが、致命的なダメージを負うことはない。

だけど消去するのを思い迷っている。怖いもの見たさの好奇心が働いているからじゃない。目の前にある他人の秘密から逃げることが自尊心を刺激するからでもない。無垢に『知りたい』と望む自分がいる。隠し録りの小悪党としてではなく、一人の男として田嶋春という女を知りたがっている。

どっちつかずの俺は指を一ミリも動かすことができない。片耳にイヤホンを突っ込んだまま固まった。頭にはずっと幾多のクエスチョンマークが居座り続けている。中でも頭のど真ん中で踏ん反り返っているのは『おまえにそれを聴く勇気はあるか？』だ。

『ヘタレにそんな勇気があるわけない』

『黙れ。これは試練だ。これを乗り越えて俺は成長する』

『無理無理。チキンのおまえに現実を受け止める度胸はない』

『決め付けるな。やってみなけりゃ、わからないだろ』

『そう言ってやり遂げた例がないくせに』

『今度こそやってやる』

『それは何度目の今度だ？』

様々な意見が飛び交うが、賽を振る決定打が出てこない。一周して戻ってきた田嶋に変化は見られなかった。泣いた跡もなく、髪や指定されたワンピースに乱れもなく、歩き方も自然だった。何かを失った印象はなかった。だが、充足感に満ちている様子もなかった。

あの田嶋だ。一生に一度の喪失感や一体感など蚊に血を吸われた程度の感覚なのかもしれない。大学の先輩たちからも満足感は窺えなかった。どちらかと言えば、どこか面白くなさそうな感じだった。二人の役割に差があったことで揉めたのか？　ひょっとして未遂に終わった？

だけど、そう見えたのは俺の邪念のせいだ、と言われたら否定できない。願望に因る錯覚のおそれがある。また、彼らの化けの皮は本性にピッタリ貼り付いているから、そう簡単には表情から内心を読み取ることができない。

堂々巡りだ。このままじゃ埒が明かない。そのうち警備員が見回りに来る。俺は目を閉じ、『頭の中が空っぽ』というイメージを瞼の裏側に描く。シンプルに考えよう。知りたいか？　知りたくないか？　ただそれだけのことだ。知りたい……知りたくない……。

俺は意を決して指先に力を込めて再生ボタンを押す。嫉妬に狂おうが、失恋に打ちのめされようが、知りたい。田嶋を知りたい。何を以てしても『その人の全てを知りたい』という純粋且つエゴ丸出しの欲求を阻むことはできない。

ガゴン！　ゴンドラのドアの閉まる音がするや否や、田嶋が口を切る。

「お願いがあります」

「こっちもあるんだ。時間がないからタージのお願いは降りたあとにしてくれよ」

「駄目です。お願いは二つあります」と彼女の声は突っ走る。「一つ。撮った動画をコピーして私にください。二つ。避妊具はこれを使ってください。これは信頼のおけるメーカーの製品なので安心してよいです。サイズは日本人の標準のものですが、合わないようならラージサイズのも用意してありますので、気兼ねなく言ってください」

先輩たちからどよめきの声が上がる。

「私はこれからセンパイがたが犯す罪の時効が成立する十年の間に検事になります。そして自ら告訴状を作り、訴えます。私が受けた被害を嘘偽りなく証言し、担当検事さんを無視して過不足のない求刑をします」

俺は唖然とする。馬鹿だ。こいつは本物の馬鹿だ。危険を承知でゴンドラに乗り、避妊具まで用意していたら、合意の上であることを認めたようなものだ。裁判で不利になることをわかっていない。

でも田嶋は許せなかったのだ。彼女の正義の心が先輩たちの悪意を見過ごすことができなかった。正さずにはいられずに良心の赴くままに突撃した。有利とか不利とかを天秤にかける余裕などなかったに違いない。

「そのためにも証拠の映像が欲しいのです。センパイがたにとりましても、私の証言が偏らないとは限らないので、映像で証拠を残しておくのが最良だと思います。以上のことを踏まえましたら、どうぞご自由に始めてください」

しばらく無音が続く。誰も口を開かず、どちらの先輩も田嶋の体に触れずに観覧車は静かに回る。

「ゴムはどこで買ったの？」と間抜けな質問が飛ぶ。

無言に耐えかねたのだろう。コンビニでも売っているじゃないか。だけど短絡的に嘲ることはできない。俺も同じことを思ったから。彼らも初心そうな田嶋が避妊具の知識が豊富なことに動揺したのだ。

「お母さんから貰いました」

「へー。進んでいるお母さんだ」

「だな」と上滑りな会話。

「お母さんはデートレイプを防止する運動をしているんです」

「今の教師ってそんなこともしてるんだ。お母さんは高校の先生？　それとも中学？最近は早いからな」

「お母さんは教師じゃありませんよ」と彼女は質問者をお得意の非常識人扱いする。

「前に『両親はセンセーしてる』って言ってなかったっけ？」

「何を言っているんですか？　弁護士のセンセーのことですよ」

「ひょっとして、おうちは事務所？」

「はい」とあっさりした返事。

お粗末すぎる。なんでそれを先に言わない？　田嶋の家が法律事務所だと知っていれば、彼らは手を出そうとしなかったはずだ。呆れてものが言えない。先輩たちも同じだ。彼らの音声は途絶えた。田嶋が景色や高所にキャッキャッする声だけがＩＣレコーダーから流れ続ける。

人間の目には見えない妖精が空中散歩を楽しんでいるような愛くるしい声に、俺は耳を澄ます。その妖精は神々し過ぎて触れられない存在とは違う。その存在を直に触れて確かめたくなる。彼女にはその種の引力がある。神秘的でありながら、どこまでも人間的な田嶋。

たまげた奴だ。ただの脅しではない。田嶋は本気だった。本気で訴えて、本気で受けた被害分の量刑をきっちり科すことしか考えていなかった。何があってもへこたれない強い意志が言葉の端々に漲っていた。

「ここにいたんですか？　捜しましたよ」

息も絶え絶えの田嶋が現れる。咄嗟にイヤホンを耳から抜き、ＩＣレコーダーを手の中に隠した。

「どうしてここに？」

「忘れ物です」と言って彼女もゴンドラに乗る。

田嶋は俺の正面に座り、隣にビニール袋を置いた。袋から枝と葉っぱが飛び出し、鉢植えの形がビニール越しにくっきりと出ている。ゴムの木か？

「教えてほしいことがある」と先手を打つ。

彼女に訊きたいことは先に訊く。後回しにしたらいつまで経っても俺の番にならない。

「なんでしょう？」と畏まって両手を膝の上に置いて背筋を伸ばす。

「田嶋には怖いものはないのか？」

「いっぱいありますよ。虫、ワサビ、着せ替え人形、リコール車、紫外線、お医者さん、酔っ払い、終末論、通り魔、雷、台風、キレ易い若者、テロ、体重計、利き手じゃない手で塗るマニキュア、お菓子の誘惑、靴擦れ……」

「それくらいでいいよ」とストップさせる。「その中で何が一番怖い？」

「消去法です」

それは怖いものの中に挙げてないだろ。

「怖い理由は？」と気にせずに話を進める。

「消去法は諦(あきら)めだからです。これも駄目。あれも駄目。そっちも駄目。そうやって諦めることに慣れてしまうのが怖いんです」

俺は消去法を効率的な考え方だと思っていた。実現する可能性の低いものから外していき、残ったものを選ぶことは限られた人生を節約する最良な方法だ。でも田嶋に言わせると、それは可能性を切り捨てていることになる。

俺はどれだけ自分を諦めてきたことだろうか？『自分にはできない』と最初から決め付け、『人には得手不得手があるから』と自己弁護に走った。失敗や挫折(ざせつ)にめげずに何度も挑戦する人を軽(かろ)んじ、自分はスマートな人生を歩んでいる気でいた。そう自負して偽り続けた。愚か者はどっちだ？

「田嶋は強いな」

「センパイ、強い女の子なんていないんですよ」

彼女からしおらしい匂いが香り、俺は自分の失言に気付く。田嶋は失恋したばかりだった。憧れていた大学の先輩が自分の幻想だったことに傷付いている。

そして怖かったはずだ。あいつらと観覧車に乗るのにどれだけ勇気がいったことか。想像するまでもないことだ。本当は逃げ出したかっただろう。逃げる方法はたくさんあった。だけど踏ん張って前進した。消去法を使わず、真正面からぶつかった。

田嶋にははなから『逃げる』という選択肢がない。いつだって『一番怖いのは消去法です』と我を張り、誰に対しても真っ向勝負を挑む。自分だけの力でずんずん突き進んでいく。泣いたり、弱音を吐いたりしない。俺たちとはその辺でも一線を画すのだ。

「頭、撫でてほしい？」

「撫でたいんですか？」と彼女は訊き返す。

「ああ。撫でたい。特に理由はないけど、撫でたい気分だ」

「よいですよ。私も理由はないんですけど、撫でられたい気分なんです」

ポンポンと田嶋の頭に手を置く。よく頑張った。そう言いたいけれど言えない。俺は観覧車さんじゃないから。

「センパイは私に言い忘れていることはありませんか？」

思い当たることはいくつかある。

「なんだろ？」としらばっくれる。

「私に懺悔する三つの嘘があるはずです」

俺は自分の胸に手を当てて思い出す演技をする。

「あー。あった」

「懺悔してください。本人に直接罪を告白すると、一番すっきりしますから」

俺は言われるまでもなく率先して目を閉じる。

「一つ」と田嶋は合図する。

「俺は物別れさんに謝罪してません」

「二つ」

「俺はゴムの木を育ててません」

「三つ」

「俺は男専門じゃありません」と言って目を開けようとした時に、何かが唇に当たった。

感触だけじゃその正体はわからなかった。瞼を開く。田嶋の顔が眼前にあった。

「嬉しいですか？」と彼女は心細そうに俺の気持ちを確かめる。

「なんで俺にするんだ？」

「嬉しくないんですか？」とますます顔が曇る。

「そうじゃなく、なんでいきなりするんだ？」

「センパイの口から男専門じゃないことを打ち明けられたので、つい我慢できなくて。でも女の子から積極的にしてもよいってセンパイは言いました」と学級委員みたいな口調で俺を責める。

俺は一呼吸置く。状況が呑み込めない。だが、何をされたかはわかっていた。

「大学の先輩が好きなんじゃなかったのか？」

「そんなこと言いましたか？」

確か、田嶋がチューしたいのは『聞き上手な方のセンパイ』だった。

「今日、先輩たちとデートしてた」

「あれは練習です」

「キスの？」と訊ねると、胸が高鳴りだす。

突然のことにドキドキに時間差が生じたらしい。

「もう、何を言っているんですか？　私、今日まで観覧車さんにくるくるしてもらったことがなかったんです。だから本番のチューの時に、景色に見とれてチューどころじゃなくなる気がして練習したんです」

「一人で乗ればいい」と指摘している途中で彼女の手に落書きがあることに気がつく。

左手の甲に『花言葉は永遠の幸せ』と書いてあった。緊張で頭が真っ白になると心配して備えたのか？『カンペを用意するな』とは思わないが、なんで手のひらに書かなかった？

「吊り橋理論の効果も試してみたかったんです。本当に一緒に乗っただけで好きでもない人とチューしたくなるのか、それも消去法で仕方なくチューしたくなるのか、という実験を大学のセンパイがたに手伝ってもらったんです。揺れや高所や密室が自分にどう作用するのか知って、本番に活かしたかったんです」

　実験の説明をしないから大学の先輩も誤解するんだ。

「男二人と女一人じゃ実験にならないよ」

「そうなんですか？　サンプルが増えた方がより有意義な実験になりそうじゃないですか」

　どういう思考をしてんだ？　田嶋の頭の中がどうなっているのかさっぱりわからない。そこにあるゴムの木だって、本来は花言葉を告げて『一緒に観覧車さんでくるくるしてください』と申し込むために持ってきたんじゃないのか？　早まってキスしたから観覧車の実験も告白の準備も全てが無駄になった。

「理論通りに好きになっていたらどうしたんだ？」

「好きになりません」

「なんで？」

「私が最初にチューしたい人は決まっていたからです」と言ってニコニコと両頬を揺ら

す。

「俺って聞き上手か?」

田嶋の話をじっくり聞いたのは、居酒屋で恋の相談を受けた時だけだ。だけど彼女はそれ以前から恋をしていた。いつ俺を聞き上手だと思った?

「はい。耳が二つだけじゃないですから」

一瞬にして手が湿る。手の中に隠したICレコーダーに田嶋は気付いているのか?俺がバイト中に隠し録りしていることを……まさか?

んなわけない。彼女は俺がラジオで野球中継を聴きながら会話したと思い込んだ。それで『センパイは聖徳太子(しょうとくたいし)ばりに聞き上手な耳を持っている』と勘違いしているのだろう。

「人間の耳は二つだ」と知らぬ顔で彼女の反応を探る。

「私は観覧車さんと友達ですから」

真顔で言い切った。そして眉間(みけん)に細かい皺(しわ)を寄せ、顔を近付けて訊く。「嬉しかったですか?」と。半分脅しのように感じられる。『嬉しい』と俺が返すまで何回でもキスしそうだ。

「嬉しかったよ」

握り拳(こぶし)のような硬いキスだった。田嶋は唇に力を入れ過ぎていた。でも嬉しかった。

「やったー！」と彼女は両手を挙げる。

軽快にジャンプしてゴンドラから降り、手足をバタバタさせて小躍りする。そのまま踊り始める。お世辞にもリズム感があるとは言えない。田嶋のダンスを『斬新だ！』と受け取れるのは、せいぜい未開の地の部族くらいだ。

いや、撤回する。段々と同じ文化圏でも通用するダンスに見えてきた。彼女らしい支離滅裂な動き。頭と四肢に統一性がなく、それぞれが意思を持っているよう。模倣するのは難しい。だけど見ていると真似したくなってくる。

不思議な子だ。あんなふうに汗をびっしょり掻くまで喜びのダンスを踊れる田嶋が羨ましい。俺も彼女のようになれるだろうか？　田嶋が何を感じ、世界をどう見ているのか興味が尽きない。

「なあ、田嶋」と呼びかけると、ピタッと静止する。

両肩で大きく息をしつつ「なんでしょう？」と首を傾げる。

「俺、バツイチなんだ」

「周回遅れです」

へ？　もう古いってこと？　今時はバツニやバツサンくらいでなければ、相手の腰を引かせることができないのか？

「周回遅れって？」

「もう二日も前にバレていることなんですから、改めて言うことじゃありませんよ」

「知ってたのか？　どこで？」

バイト先の誰も知らないことだ。

「だってあのお子さん、お母さんとセンパイの顔を足してまっぷたつに割ったような顔をしていましたから」

確かにどっちのパーツも均等に娘に遺伝しているが……なんで田嶋にそれがわかるんだ？

娘は俺の顔を知らない。物心つく前に離婚し、親権は向こうが持った。父親失格の烙印を押された俺は、言い訳のしようもないほどクズだった。

先日、別れた妻から連絡があった。「再婚する」と。俺は「一目でいいから聡美に会わせてくれ。遠くからでもいいから」と懇願し、バイト先の観覧車へ呼び寄せた。もちろんゴンドラ内の会話を隠し録りするためだ。娘の声が聞きたかった。

しかし往々にして負のエネルギーは自分に跳ね返ってくるものだ。泣きやまない娘に焦り、俺の前でばつが悪い思いをしたくなかった元妻は地上で待機していた今のオトコに連絡した。

おおかた、〈聡美が観覧車を降りたら、元旦那が『俺が本当のお父さんだ』って告げるつもりらしいの。どうしよう？　助けて！〉とでもメッセージを送ったのだろう。それで今のオトコは激昂して乗降場へ駆け付けた。「これ以上、俺のオンナを哀しませるな！」「俺たちに二度と近付くんじゃねー！」と俺に迫った。

「バレバレでしたよ」と田嶋は飄々とした顔で続ける。「センパイはあのお子さんのことだけはとっても優しい目で見ていましたから。私にも早くそういう目を向けてほしいんですけど」

「よく見ているな」

彼女の観察力の鋭さに脱帽だ。

「神様はちゃんと見ているんです」

「違うだろ。見ているのは田嶋だ」

「よく見ているのは神様ですよ。みんなの心の中にいるんですから」と言ってからまた踊り始めた。

それも一つの真理なのかもしれない。人の心に神がいて、その人の行いをちゃんと見ている。自分のことは自分が一番知っている。

しっかり目を見開き、心の声に耳を傾ければ、みんな正しい道を歩めるはずだ。人の心を盗み聴きしても俺はどこにも辿り着けなかった。自分の声を聴かなければいけなかったのだ。

案外、田嶋化するのは難しくないのかもな。自分を見守り、自分を信じ、自分を愛すればいいんだ。そんなにハードなことじゃない。他人を愛するよりはずっと簡単だ。少なくとも、ど天然の子の悩み相談を受けるよりは遥かに楽だ。

程よい諦観に包まれながら俺もゴンドラを降りる。ふわりと地上に着地。足の裏の感触が若干いつもと違う。心持ち体が軽い。清々しい予感がし、月面に降り立ったアームストロング船長と自分が重なる。

この一歩は大きな意味を持った一歩になる。そう確信して夜空を見上げ、月を探す。

この作品は平成二十八年二月新潮社より刊行された。
この作品はフィクションであり、実在の人物や団体とは無関係です。

清水朔著
奇譚蒐集録
―弔い少女の鎮魂歌―
死者の四肢の骨を抜く奇怪な葬送儀礼。少女たちに現れる呪いの痣(あざ)の正体とは。沖縄の離島に秘められた謎を読み解く民俗学ミステリ。

藤石波矢著
時は止まったふりをして
十二年前の文化祭で消えたフィルムが、温かな奇跡を起こす。大人になりきれなかった私たちの、時をかける感涙の青春恋愛ミステリ。

柾木政宗著
朝比奈うさぎの謎解き錬愛術
偏狂ストーカー美少女が残念イケメン探偵への愛の〝ついで〟に殺人事件の謎を解く!? 期待の新鋭による新感覚ラブコメ本格ミステリ。

額賀澪著
猫と狸と恋する歌舞伎町
変化(へんげ)が得意なオスの三毛猫が恋をしたのは組長の娘、しかも……!? お互いに秘密を抱えた恋人たちの成長を描く恋愛青春ストーリー。

七月隆文著
ケーキ王子の名推理(スペシャリテ)
ドSのパティシエ男子&ケーキ大好き失恋女子が、他人の恋やトラブルもお菓子の知識で鮮やか解決! 胸きゅん青春スペシャリテ。

瀬川コウ著
謎好き乙女と奪われた青春
恋愛、友情、部活? なんですかそれ。クソみたいな青春ですね――。謎好き少女と「僕」が織りなす、新しい形の青春ミステリ。

森　晶麿著

かぜまち美術館の謎便り

突然届いた18年前の消印の絵葉書。当時死んだ少年画家の物がなぜ？　学芸員パパと娘が名画をヒントに謎を解く新・美術ミステリー。

吉野万理子著

忘霊トランクルーム

祖母のトランクルームの留守番をまかされた高校生の星哉は、物に憑りつく幽霊＝忘霊に出会う――。甘酸っぱい青春ファンタジー。

小川一水著

こちら、郵政省特別配達課（1・2）

家でも馬でも……危険物でも、あらゆる手段で届けます！　特殊任務遂行、お仕事小説。特別書下し短篇「暁のリエゾン」60枚収録！

伽古屋圭市著

断片のアリス

ログアウト不能の狂気の館で、連鎖する殺人。囚われた彼女の正体と、この世界の真相とは。予測不能の結末に驚愕するVR脱出ミステリ。

浅葉なつ著

カカノムモノ

悲しい秘密を抱えた美しすぎる大学生・浪崎碧。人の暴走した情念を喰らい、解決する彼の正体は。全く新しい癒やしの物語、誕生。

青柳碧人著

猫河原家の人びと
――一家全員、名探偵――

謎と事件をこよなく愛するヘンな家族たち。私だけは普通の女子大生でいたいのに……。変人一家のユニークミステリー、ここに誕生。

デザイン　川谷康久（川谷デザイン）

田嶋春（たじまはる）にはなりたくない

新潮文庫　し－86－1

平成三十一年一月一日発行

著者　白河（しらかわ）三兎（みと）

発行者　佐藤隆信

発行所　株式会社新潮社

郵便番号　一六二―八七一一
東京都新宿区矢来町七一
電話　編集部（〇三）三二六六―五四四〇
　　　読者係（〇三）三二六六―五一一一
https://www.shinchosha.co.jp

価格はカバーに表示してあります。

印刷・錦明印刷株式会社　製本・錦明印刷株式会社

ISBN978-4-10-180145-2 C0193